痴漢されそうになっているS級美少女を助けたら隣の席の幼馴染だった2

ケンノジ

Illustration フライ

風がそよぎ、ぽとん、と重なり合った線香花火が落ちる。
光に慣れていたせいで、光源がなくなると周囲が一層暗く感じた。
こよりを持った手をそっと握られた。
どうかしたのか尋ねようと首を動かすと、

「何でこうなったんだよ」
「みんな、変なスイッチ入っちゃったのよね」
名前：伏見姫奈《ふしみひな》
年齢：17歳
学年：高校2年生
身長：160センチ
学校で誰もが認めるS級美少女にして、諒の幼馴染。満員電車での件をきっかけに彼に対してぐいぐいアピールするように。
名前：高森 諒《たかもり りょう》
年齢：17歳
学年：高校2年生
身長：175センチ
空気を読むのが苦手な自称地味キャラ男子高校生。最近は幼馴染の姫奈からの積極的な行動に気づきつつもあり？

何が起きたのか把握するのに時間がかかった。

「いやぁ、こんなことになるとは
思わないじゃーん」
名前：高森《たかもり》茉菜《まな》
年齢：15歳
学年：中学3年生
身長：165センチ
ギャルな見た目の兄想いな妹ちゃん。その外見とは裏腹に、料理、炊事と高森家の家事全般を担当している。

「びしょびしょだけど、私、楽しかったよ」
名前：篠《しの》原《はら》美南《みなみ》
年齢：16歳
学年：高校2年生
身長：167センチ
姫奈や諒と同じ中学校に通っていた元同級生。中3の頃に三日間だけ諒と付き合っていた過去を持つ。
「妹ちゃんが相撲しようなんて言うから」
名前：鳥《とり》越《ごえ》静《しず》香《か》
年齢：17歳
学年：高校2年生
身長：150センチ
諒とはお昼休み友達な同級生。以前に彼に告白して振られるも、今でも密かに思いを寄せているようで……？

唖然としたままフリーズする俺に、
はにかんだような声音でぽつりと伏見が言った。
「……しちゃった」
暗くてその表情はわからなかった。

痴漢されそうになっている
S級美少女を助けたら
隣の席の幼馴染だった2

ケンノジ

GA文庫

カバー・口絵　本文イラスト
フライ

①　幼馴染たちとアウトドア　その1

ずっしりと重いスーパーのレジ袋の中には、ウーロン茶、オレンジジュース、コーラの三種類のペットボトルが入っていた。

四月の終わりだっていうのに、日差《ひざ》しは夏のそれに近く、紫外線が肌に刺さっているかのようだった。

バスケットを手にした伏見《ふしみ》が、楽しそうに前を歩く。その背中に話しかけた。

「ここらへんでいいだろー」

「もうちょっといい場所がありそうだから」

俺《おれ》たちは、一面芝生の緑地公園へとやってきていた。

「早く、早く」

そう楽しそうに急《せ》かす伏見。

幼稚園からずっと一緒のこの幼馴染《おさななじみ》は、桁違《けたちが》いの美少女だった。

ちょとしたことで中学に入ってから高一まで距離感があったけど、とあることをきっかけに、本格的に幼馴染らしいことをはじめたようだ。

ファッションセンスがちょっとアレだけど、今日はまともに見える。

花見がしたいなどと桜が散ったあとに伏見が言い出したので、仕方なくピクニックということでここへやってきたのだ。

周囲にはレジャーシートを敷いている家族連れや大学生らしき人たちのグループが、それぞれの木陰《こかげ》で楽しそうにワイワイやっている。

「ねえ、姫奈《ひな》ちゃんどこまで行く気なの？」

うんざりしたような顔で妹の茉菜《まな》が俺に尋ねた。

「俺に訊《き》かれても」

茉菜の手にも昼飯が詰まっているランチボックスがあった。

ギャルど真ん中のこの妹は、見た目に反して家庭的で、料理も上手《うま》いのである。

「伏見さん、楽しそう」

レジャーシートを胸に抱えた鳥越《とりごえ》が言う。

普段は物静かな同じクラスの図書委員。一年の頃《ころ》は物理室で昼飯を食べるだけの間柄だったけど、何がどうしてそうなったのか、俺のことを好きだと告白してくれた子だ。

「姫奈ちゃーん？　ちょっとー」

と、茉菜が伏見を駆け足で追いかける。

俺と鳥越はそれを見送った。

「初対面の妹、あんな感じだけど大丈夫？」

「うん。嫌いじゃない」

嫌いじゃないのか。意外だな。

茉菜と鳥越は水と油のように見えるけど、問題ないらしい。

このピクニックは、当初の予定では伏見と二人きりだったけど、鳥越も誘おうとなり、ちょうどそれを聞いていた茉菜も行きたいと言い出して、今に至る。

「りょーくーん！　鳥越さーん！　こっちこっち！」

はしゃいだような大声を上げた伏見が手を振った。

「行きますか」

「行きましょうか」

大木の木陰にいる二人のところへ、俺と鳥越は歩く。

「……今日は誘ってくれて、ありがとう」

「どういたしまして」

俺と仲がいい人同士が仲良くなると、できることが増えるみたいだ。

そういうのは、ちょっと楽しいかもしれない。

本当は、来てくれるとは思わなかった。

「伏見は鳥越と仲良くしたいみたいだし、俺もそうなったらいいなって思うから」

告白をされて、はっきりと断ったわけじゃないけど、鳥越はそれを察している様子があった。

それでいうと、伏見は恋敵のようなポジションだ。

そんな俺と伏見と一緒に遊ぶなんて、本当は嫌なんじゃないかと思っていた。

「プリンセスも心を許せる侍女がほしいのかな」

「侍女なんて思ってないだろうけどな」

伏見は茉菜と昔から仲がいいけど、同級生じゃないから、できる話に限りがある。

その点、鳥越なら色んな話ができそうだった。

「高森《たかもり》くんのことも伏見さんのことも好きだから、わたしは、今日、楽しいよ」

「は、恥ずかしいセリフ言うなよ」

「ちょっと……照れないでよ。私は照れずに言ったのに」

お互い顔をそらして、くすりと笑った。

「姫奈ちゃん、なんかにーに、鳥ちゃんとイイ感じじゃない？」

「ぜ、全然イイ感じじゃないし。わたしとのほうが、イイ感じだし」

「ぷぷぷ、やきもち焼いてる」

「焼いてないから」

じゃれている二人の下にやってきて、レジャーシートを広げて、ようやく腰を落ち着けた。

「にーに、コーラ」

「飯の前にコーラかよ」

いいじゃん、早くー、と茉菜が急かすので、紙コップにコーラを注《そそ》いで渡してあげる。

それをぐいっと呷《あお》った。

「いい飲みっぷり」

「んま。コーラうま。HPの最大値が伸びるわぁ……」

気持ちはわかるけど、そんな効果はねえぞ。

ドリンクサーバーと化した俺は、みんなの要望を聞いて、コップに飲み物を入れていく。

伏見と茉菜は作ってきた弁当をそれぞれ広げた。

茉菜のは、ザ・ピクニックの弁当って感じの内容。おにぎり、唐揚げ、ウインナー、卵焼き、葉野菜のサラダにポテトサラダ。

朝から作ってたもんなぁ。母性溢《あふ》れるうちの妹だった。ギャルだけど。

「妹ちゃんのお弁当、オーソドックスだけど、それがいい」

「でっしょー？　鳥ちゃんわかってんねー」

うんうん、と満足そうに茉菜がうなずき、伏見の弁当をちらっと見た。

一面茶色のカボチャ畑だった。

「……姫奈ちゃん、これは……ツッコミ待ちってことでいいのかな」

「え、なんで？　自分で言うのもあれだけど、美味《おい》しいよ？」

「いや、上手い下手はこの際いいんだけど……」

伏見、またやりやがった……。お裾《すそ》分け弁当。

「で、にーにの好きなやつだし。計算したあざとい天然？　それともただの天然？」

茉菜がパニクっていた。

「こ、これしか上手く作れないんだから、いいでしょ……。せっかくのピクニックに、生ごみ持っていくわけにはいかないし」

「生ごみ」

「生ごみ」

「生ごみ」

俺の発言を皮切りに、輪唱みたいに二人があとに続いた。

警戒する猫みたいに、茉菜がつんつん、とカボチャを触って、恐る恐るひと口食べる。

「……美味しい。でもなんか複雑な気分」

俺も一回その気分を味わったから、茉菜の言いたいことはよくわかる。

「にーにのことを考えると、カボチャが止まらなかった、と」

「伏見さんって、病んでるの？」

ズバーン、と鳥越がド直球に尋ねた。

そういうのは、もうちょっとオブラートに包んでだな……。

キャハハ、と茉菜がウケていた。

「にーに、ヤバいって。鳥ちゃんとイチャついたら刺されるよ」

「刺さないよ」

「イチャついてねえから」

俺も一応フォローを入れておく。

もしかしたらこうなるんじゃないかと思って、伏見には弁当は作らなくていいって言ったんだけど、茉菜に対抗心を燃やして、『じゃあ、わたしも！』と譲らなかったのだ。

予想通りのカボチャ畑で、やっぱりみんなにイジられた。

割り箸と皿が手元に回り、みんな各々、弁当を突きはじめる。

「妹ちゃんのおにぎり、ちっちゃくて可愛《かわい》い」

「そ、そう？　あたし、手が小さいから、それで」

意外な褒められ方だったのか、茉菜が照れていた。そんなこと、気にしたことなかったな。

伏見も、ワクワク顔で感想待ちをしていた。

カボチャはこの前も食ったしな……。

と思いつつも、作ってくれたこと自体はありがたいので、ひとつ食べる。

「うん。イケる」

「よかった」

ぱぁぁぁ、と春の日差しみたいな笑顔をした。

「もっと、どうぞどうぞ」

ずいずい、と弁当を俺のほうへ進めてきた。

「カボチャの煮物が美味しくできるんなら、他の煮物系もできてもよさそうなんだけどね」

茉菜が首をかしげる。

「昔から、本当にこれだけで、他のは失敗しちゃって」

困ったように笑う伏見に、ひとつ食べた鳥越が言った。

「このカボチャ、定年を迎えたおばあちゃんが作りそうな味」

「ぶふっ」

茉菜が口に含んだコーラを噴きそうになった。

具体的な例えを出すんじゃねえ。想像できちまったじゃねえか。

「ば……ババくさいってこと⁉」

ガガーンと伏見がショックを受けていた。

「あの、そういうわけじゃなくて……ていうか、まあ、そうなんだけど」

鳥越のコメント、容赦ねえな。

俺の好物だから上手に作れるのかどうかは不明だ。たまたまそれが俺の好物だったってだけかもしれないし。

でも、違うものを好物だと言えば、それは上手くできるようになるのか？

実験として、今度別の物が好きだって言ってみよう。

そんな感じで、楽しく弁当を食べた。カボチャは九割俺が食った。

「姫奈ちゃん、これしよー」

茉菜が持って来ていたバドミントンのラケットとシャトルを取り出す。

「いいね。やろー！」

立ち上がった二人が、ラリーをはじめた。

「茉菜ちゃんってさ、何でギャルになったの？」

「可愛いと思ったからだ、よ――っと」

「諒《りょう》くんの影響だったりして！　ね！」

「そういう自分だって――やってたで、しょ！」

「あ、あれは違うやつだから。夏休み中にデビューしちゃった感じのアレだから」

「あははは。そっちのほうがダサイよ、姫奈ちゃん」

「んむうう」

さすがの仲のよさだった。お互い運動神経がいいせいか、シャトルを打つと、シュガッとか、バスンッっていい音が鳴っている。

ふと見ると、鳥越が携帯を片手に何かしている。

「ゲームか何か？」

「ううん。ちょっとしたメッセージ。…………高森くん、篠原美南《しのはらみなみ》って、知ってる？」

「え？　篠原？　……ああ、うん」

と俺は曖昧《あいまい》に返事をした。

同じ中学の女子だから知っている。知っているっていうか……。

それはそうと、何で急に篠原のことを？

「私、小学校が一緒で、受験のときに塾で一緒になって。それから連絡取るようになったんだけど、高森くんたちと中学一緒なんでしょ？」

「ああ、うん」

篠原美南。

知ってるも何も……。

告白をされてオッケーをした間柄だ。

俺と篠原のアレが世間一般で言う『付き合う』って枠に入るのかはわからないけど、そういう関係ではあったのはたしかだ。

「それで――」

何か鳥越が言おうとすると、伏見が声を上げた。

「二人もやろーよ！」

「にーにと鳥ちゃんの分もラケットあるから」

と、バドミントンに誘われた。

「いいよ、俺は」

ぷすす、と茉菜が笑う。

「にーに、下手くそだからって恥ずかしがらなくてもいいんだよ？　あたしたち、別にカッコいいところ見たいなんて思ってないし」

く……。

そこまで言われて黙っているわけにはいかない。

「ちょっと本気出すわ……」

「にーにってば単純」

「本気出すって、諒くんにそういう概念あるんだ」

微妙に失礼なことを伏見に言われた。

よっこいせ、と立ち上がって、茉菜が持ってきたラケットを握る。

「鳥越もやろう。せっかくだし」

「え、私は……」

伏見と茉菜が手招きしてるのもあってか、鳥越も腰を上げた。

「じゃ、じゃあ、ちょっとだけ……」

今回のピクニックもそうだけど、鳥越は案外付き合いのいいやつなのかもしれない。

四人で輪を作ってシャトルを打ち合う。俺と鳥越はお世辞にも上手いとは言えないレベルだったけど、伏見と茉菜のフォローがあって、ラリーはかなり続いた。

「にーにが変なところに打つから！　ラリー終わっちゃったじゃん」

「いや、今のは風のせいだから。びゅうってすごいの吹いたから」

「高森くん、ドンマイ」

「おい、待て鳥越。それを言うと、俺がミスったみたいになるだろ」

「諒くん、ドンマイ」

「伏見おまえもか」

責任のなすりつけ合いはラリーが終わるたびに行われ、大抵俺が悪いってオチをつけられた。

納得いかねえ。

でも、鳥越も楽しそうでよかった。

「伏見、今日はダサTじゃないんだ――な！」

「ダサTとか、言わないで、よ！」

「ダサTって？」

鳥越が首をかしげると、茉菜が説明した。

「姫奈ちゃん、私服が鬼クソダサイから、あたしがアドバイス、した――のっ！」

「鬼クソダサイとか言わないで！」

「ちなみに、姫奈ちゃんの今日のファッションは、全身ファッションブランド『しろむら』で揃《そろ》えたやつだよん」

「茉菜ちゃん、言わないで、それっ」

あー。道理で今日はまとまってるように見えるのか。

特筆することは何もない普通のロンTの上に、上着としてパーカーを着ていた。下は動きやすそうなジーンズにスニーカー。

老若男女が着ても不思議じゃない最大公約数みたいなファッションだった。

「だってぇ、にーにが買ってあげたワンピース着て行こうとするんだもん。そんな一張羅をピクニックに着て行こうとするんだよ？　ＴＰＯをこれっぽっちも考えてないんだからぁ」

「うぅぅ……すみません……」

ちらりと鳥越が俺を見る。

「高森くんって、そういうこともできるんだ」

「そういうことって？」

「女子に気の利《き》いたプレゼント」

気が利いてるかどうかは別として、改めてそう言われると、なんか照れるな。

茉菜曰《いわ》く、「お姫様が下町にこっそり遊びに行くときは服変えるっしょー？　ブリブリの姫ファッションではいかないわけ」とのこと。

さすがファッション警察。説得力が違う。

「伏見さんって『しろむら』で服買ってるんだ」

鳥越は薄手のカーディガンを羽織《はお》って、デニム生地のショートパンツに黒いタイツを穿《は》いている。今日はじめて私服を見たけど、鳥越って、結構オシャレさん？

「鳥越さん、違うの。そういう設定だから。好感度上げるための」

そんな打算あったほうが、余計悪いわ。

「姫奈ちゃんのは設定じゃなくてガチじゃん。例のあの私服こそ設定って言ってくれたほうがまだよかったのに」

「お、お金かけるだけがファッションじゃないでしょー⁉」

伏見が開き直ってキレはじめた。

「ぷぷぷ。姫奈ちゃん、どの口でファッション語ってるの。ほぼあたしの言いなりなのに」

「うぐ……」

「『しろむら』は、私も行くよ。可愛いのとか、結構あるよね」

優しい鳥越がフォローに入った。

「鳥越さん……。だよね、うんうん」

「余所《よそ》行きの服じゃなくて、買うのは部屋着だけど」

「へ、部屋着……」

フォローしたと見せかけて、全力で刺しにいく鳥越スタンス。

がっくし、と伏見がうなだれると、茉菜も渋い顔をしていた。

「あたしのプロデュース力がもっとあれば……！」

「『しろむら』でも良いモンあるんだから、それでいいじゃねえか」

適当に言うと、ファッション警察が食いついてきた。

「じゃあさ、にーに。今日の姫奈ちゃんと鳥ちゃんならどっちがオシャレだと思う？　わかんなかったら好みの服装でもいいよ。――どっち？」

ささ、と動いて、伏見と鳥越を俺の前に並ばせる茉菜。

「鳥越」

「あ……あ、ありがとう」

小声でつぶやく鳥越とは対照的に、伏見は無表情に変わっていた。

風が吹けばさらさら～っとなくなりそうなくらい全身が灰の塊になっていた。

「まあ、うん、だよね」

茉菜P（プロデューサー）も完敗を認めていた。

「どうしてわたしは今までちゃんとお洋服を買ってこなかったのか……」

本格的にヘコむ伏見の肩を、茉菜がガシッと摑《つか》んだ。

「姫奈ちゃん、いーい？　センスは備わっているものじゃない。磨くものだから！」

「先生ぇ……」

「伸びしろは十分だよ」

「先生ぇぇ……！」

熱い抱擁を交わす二人。

師弟の絆《きずな》が一層深まった日だった。

「伏見さん、わからなかったら店員さんに訊けばたいていどうにかなるよ」

「そ、そうなの……？」

うんうん、と何度も鳥越がうなずく。

「今度……一緒に、買い物、してみる？」

「いいの？」

「伏見さんがよければ」

「お——お願いします！」

こっちはこっちで仲が深まりそうな状況だった。

良きかな良きかな、と俺はレジャーシートに座って、渇いた喉《のど》をお茶で潤す。

そんなとき、誰《だれ》かの携帯が電子音を鳴らした。

俺のでもないし、伏見や茉菜のでもない。てことは鳥越のか。

見るつもりはなかったけど、ディスプレイ画面に浮かんだメッセージが見えてしまった。

シノ
『そっち行ってもいい？』

『シノ』

このアイコンに、見覚えがある。

鳥越の携帯をちらりと見ると、ディスプレイはもう暗くなっていた。

「……シノ」

自分の携帯を確認すると、そのアイコンのユーザーを見つけた。

やっぱりさっきのは――。

シノ。……篠原美南。

仲がいいって鳥越が言ってたな。

ときどき携帯をイジってたのは、メッセージをやりとりしてたからか？

「鳥越、携帯鳴ってたぞ」

「あ、うん」

大した用件じゃないって思ったのか、鳥越は確認しようともしない。

レジャーシートに寝転がり、空を見上げる。

篠原は、たしか私立の女子校かどこかに進学した……と思う。中三のときクラスが別だったから、定かではないけど。

中二のときクラスが一緒で、秋の終わりくらいに告白をされた。放課後、昇降口のあたりで。

たぶん、俺たちのことを知っているのは、誰もいないんじゃないだろうか。

っていうのも、噂《うわさ》とかそんなふうに誰かがささやく前に、その関係は終わったからだ。

三日。

付き合った期間。たったのそれだけ。

一応、告白されてオーケーしたので『元カノ』にカウントしているけど、もしかすると、むこうはそんなふうに思ってないかもしれない。

今もだけど、付き合って何すればいいのか、俺はよくわからないでいる。

たぶん、篠原とのことがあってからだ。元々わからなかった『好き』って感覚が、さらにわからなくなったのは。

その三日で何したかっていうと、何もしてない。というか、何かをするんだろうなってぼんやりと思っていたら、『やっぱり無理』って言われた。

「……『やっぱり無理』って」

思い出してちょっと笑いそうになる。当時は『？？？』って感じだったけど。

自分から告白しておいて、いきなりだったもんな。

鳥越がオレンジジュースをコップに注いで、はしゃぐ二人を見ながらちびちびと飲んでいる。

「篠原、俺のこと何か言ってた？」

「何かって、何？」

「いや……何でもない」

訊きにくいな。付き合ってた（仮）なんて、突然言って知らなかったら驚かせるだけだし。

「篠原って、どういうやつ？」

俺には宇宙人並みによくわからない女子だった。

縁のない眼鏡《めがね》と制服姿くらいしか、今となってはもう思い出せない。

「みーちゃんは」

「みーちゃん⁉」

頬《ほお》を染めながら、鳥越が、「いいでしょ、別に」と言う。

「小学校のときは、そうやって呼んでたから」

「悪い。意外だったから、つい」

仕切り直すように、小さく咳払《せきばら》いをする鳥越。

「小学校のとき、一番仲がよかった友達で」

「幼馴染的な？」

「ううん。伏見さんと高森くんほどの幼馴染ってわけじゃないよ」

ふうん、と俺は寝転がったまま相槌《あいづち》を打つ。

「高森くんは、気になるの？　みーちゃんのこと」

「気に……なりはしないけど、今日急に話題に出たからちょっと思い出しただけ」

「みーちゃんのことを尋ねてくる時点で、気になってると思うけど」

くすっと鳥越が笑うのがわかった。

「性格は違うけど、伏見さんみたいなタイプだよ」

「それは知ってる。一応。頭よくてスポーツできるタイプな」

「そうそう。顔は狐《きつね》っぽくて、性格は猫みたい」

「どういう評価だよ、それ」

顔が狐っぽいっていうのは、なんとなくわかる。切れ長の目元で、眼鏡をかけていたのもあり、冷たい美人って感じの女子だった。

どうして篠原が俺のことを好きになったのか、いまだによくわからない。

そもそも好きだったのかどうかもよくわからない。

部活が一緒だの、文化祭で何か距離が縮まっただの、これといったイベントめいたものは何一つなかったのだ。

強いて言えば修学旅行の班が一緒だったっていう程度。

他の班員と違った何かがあったわけでもない。

あのときはテンパってたから、告白のセリフもよくわからなかった。

『運命の導きに従い』……ええっと、あとは何だっけ。よく覚えてねえや。

誰かに言わされてるのか？　ってくらい、こっちを見なかったし、熱意のようなものも、今にして思えば感じられなかった。声も小さかったし。

あ……。

気づいてしまった。不可解な行動のすべて。これなら、すべてに説明がつく。

罰ゲームの可能性……！

間違いねえ。

「そういうことかよ……」

「え、何、どうしたの？」

何でもない、と俺は鳥越に背を向けた。

腑《ふ》に落ちた。ばっちりしっかり、納得いった。

舞い上がっていた当時じゃまずわからなかっただろうけど、冷静になれば、真相が見えてくる。接点が大してない俺を好きになるはずないんだ。

三日でやっぱ無理って言われるのも合点がいく。

無理っていうのは俺に対してじゃなく、この罰ゲームに我慢ができなくなったっていう、

『やっぱ無理』なんだ。

「みーちゃんは、高森くんから見てどんな女子？」

「運命の導きに従う人」

「ナニソレ」

「俺もわからん。あともう一個、眼鏡取ったら美人なんじゃなくて、眼鏡かけたままでも十分美人」

「ああ、うん。そうだね。でもあれって伊達《だて》なんだよ？」

そうなのか？

俺が意外そうな顔をすると、鳥越は先を続けた。

「なんだっけ。小学校のときはかけてなかったから、視力落ちたの？って塾で訊いたら、『視力矯正の道具じゃないわ。フィルターを通したほうが、世界がよく視《み》えるから』って言ってた」

「へえ。フィルターって？」

「わかんない。訊いたけど、よくわからない話された」

「伊達眼鏡のほうが見えやすいのか……」

そういうこともある……のか？

あいつ、伊達じゃなくて普通に眼鏡じゃなかったっけ？

よくわからんけど、中二男子《おれ》の純情を弄《もてあそ》ばれたってことだけはわかる。

『付き合った人』にカウントしちゃいけないんだな。

危ない、危ない。

言いふらしたことはないし、その予定もないからよかった。

もし誰かに言ってたりしたら、『罰ゲームで告ったのを真に受けて勘違いした痛いヤツ』っていうレッテルを張られるところだった。

「あっぷねぇ……」

「ねえ、さっきから何？」

俺の独り言に、鳥越が首をかしげていた。

しー

しー　運命の導きに従うって、何？

シノ　え

シノ　何それw

しー　高森くんが、言ってた😃

しー　みーちゃんってどんな人って訊いたら

シノ　タカリョー？

シノ　あああああああああああああああああ

シノ　思い出したああああああああああああああ

しー　何のこと？

シノ　訊かないで😅

しー　何で？

シノ
どうしても！

シノ
これ、しーちゃんにも話せない無理なやつだから

②　伏見学習塾

ピクニックは楽しいまま無事に終わり、週が明けた月曜日の放課後。

「伏見《ふしみ》、篠原美南《しのはらみなみ》って覚えてる？」

学校帰り、俺《おれ》は伏見に尋ねた。

「篠原さん？　うん、覚えてるよ。聖女に行ったんだっけ」

「三年のときはクラス違うのによく覚えてるな」

すごいでしょー、とどや顔をする伏見。

聖女っていうのは、聖陵《せいりょう》女子大付属高校の略だ。

俺が篠原と何かしらの関係があったっていうのは、たぶん当事者の俺たちしか知らないはず。

当時の伏見とはこんなふうに会話をする仲でもないし、特別仲がいい男子も俺にはいなかった。

「二年のとき、修学旅行の班が一緒だったから、それでよく覚えてるんだと思うよ」

鳥越《とりごえ》をクラスのやつらは地味っ子だの何だのと言うけど、当時の篠原も教室での立ち位置はそんな感じだった。

「どうかしたの？」

この前、鳥越の携帯に表示された『シノ』から『そっち行ってもいい？』のメッセージ。

あれは、こっちに来るって意味じゃなく、鳥越の家に行くことを指していたらしく、篠原が姿を見せることはなかった。

「鳥越が、小学校一緒だったらしくて、今も仲がいいんだって」

「へぇぇぇ」

唐突に篠原の話題を振ったのには、わけがある。

「てか、諒《りょう》くん、話をそらさないでよ」

「……」

今日、英語の授業で小テストが返された。

小テストなんて聞いてねえよ、って受けたとき言ったら、伏見が『ワカちゃん、言ってたよ、この前』って教えてくれた。

それならそうと前もってひと言言ってくれればよかったのに、このプリンセスったら『さすがに小テストの告知を聞いてないとは思ってなかったから……』と俺の右から左へ聞き流す能力に呆《あき》れていた。

『小テスト悪かった人は、中間はとくに気をつけるように。赤点だったら、しばらく放課後は補習授業を受けてもらうからなー？』

と、我らが担任の英語教師、若田部先生《ワカちゃん》は言っていた。どう考えても、俺に。ずっと目が合ってたもんな。ある意味熱い眼差《まなざ》しだった。

　周囲の話声から察するに、一桁《けた》、それも片手で数えられるほどのスコアを小テストの解答用紙に刻んだのはどうやら俺だけらしかった。

「こんなんじゃ、諒くん、ゴールデンウィークは勉強漬けになっちゃうよ」

「中間までまだ時間あるだろ。そんな大型連休のハッピーなときに、何が悲しくて勉強なんてしねえと――」

「普段ロクに勉強しないからでしょ」

「いや、だからって、ねえ……?」

　ヒドくね？　連休に勉強とか。

「ゴールデンウィーク、わたし、諒くんと遊びたい……でも、中間テストがダメダメになることを考えたら、今のうちから勉強しないといけないし……」

　しゅん、と伏見が落とした肩を、俺はぽんと叩《たた》いた。

「まあ、元気出せ」

「誰《だれ》のせいだと思ってるの」

　もお、とどでかいため息を吐き出す伏見。

　できることなら、俺だって補習は受けたくないし、自力で脱赤点をしたい。

けど、まあ、難しいもんは難しい。

高校入学してからというもの、テストの点数は常に右肩下がりなのだ。

「わかった――」

「何が？」

首をかしげると、伏見は決意に満ちた顔をしている。

「勉強しよう。拒否権ないから」

「えぇぇ……」

マジかよ。テスト期間でも何でもないのに？

テスト期間だからといって、勉強することもないんだけど。

「拒否権ないって……俺の放課後の自由は？」

「小テスト3点の人にそんなのもありません」

「伸びしろと未来あるいい数字だろ」

「屁理屈《へりくつ》は禁止」

くっ。クソ真面目《まじめ》で頑固なところが、ついに俺へ牙《きば》を剝《む》いてきた。

「そ、それに……最近、二人きりになる時間、あまりなかったし……」

「へ？」

「な、な、何でもない！」

わたわたと慌てて手を振る伏見は頬《ほお》を染めていた。

二人きりの時間って、登下校は全部二人きりなんだけどなぁ……。

「ってなるとぉ、つまづきやすい英語と数学を重点的にやっていくことになるから……」

なんか計画考えはじめた！

「伏見どん、五か年計画でお頼み申す……」

「諒くん、いつ卒業する気なの」

「それくらい長い目で見てくれってことだよ」

「大丈夫。諒くんに、補習なんて受けさせないから」

この妙に自信満々な目。嫌な予感がする。

さっそく伏見学習塾が開かれることになり、我が家にやってきた。

嫌だって言ったけど、テコでも動かなさそうな伏見が強引《ごういん》についてきたのだ。

六畳ほどの我が城へ帰ってきて、鞄《かばん》を机に置く。

『あたし、今日は遅いから適当に何か食べておいて』と茉菜《まな》の書き置きがあった。その上には、
えちえちエチケットが。

「だから、ヤらねえって」

そのままゴミ箱へ書き置きごとダンクシュート。

「いーい？」

「ど、どうぞ」

よかった。一旦待ってもらって。

伏見を招き入れると、ローテーブルの上に英語の教科書とノートを広げた。それと筆箱と同じくらいの箱も鞄から取り出す。

なんだ、あれ。

「今日からわたし、諒くんの家庭教師の先生だからね」

箱から、眼鏡《めがね》を取り出してかけた。

「もしかして、このときのために……」

「ち、違う、違う！　授業のとき、見づらかったとき用のやつで……」

授業中、眼鏡をかけているところを見たことがない。ま、今の席は、黒板からそれほど遠くないから、かける機会がないだけなんだろう。

「やるよ、諒くん」

やる気も準備も十分ってことのようだ。

こうなったら誰の言うことも聞かない。大人しく頑張ったほうが、早めに帰ってくれそうだ。

へいへい、と適当に返事をして、俺も教科書とノートをローテーブルに広げた。

今日のおさらいからはじまり、どんどん習ったところを遡《さかのぼ》っていく。

一年の教科書を引っ張り出し、そこからはじめることになった。

「偉い人たちが考えたものだから、これをきちんと理解すれば、テストなんて余裕なんだよ?」

と、成績優秀者は言う。

「この中で重要な部分を元にテスト作るんだから、要点を理解すれば大丈夫」

「……なんか、そう言われるとできそうな気がしてきた」

「でしょ?」

今日何度目かのどや顔で、伏見は眼鏡をくいっと上げた。

「………約束で、あるんだよ。一緒の大学に行こうって」

「小学生か幼稚園の子供が?」

そんな約束をしたのか。

そりゃまた、ずいぶんとマセたお子ちゃまだな。

「約束がどうこうっていうのもあるけど、諒くんと一緒だったら、きっと大学生になっても楽しいと思うから……」

真剣な口調で語る横顔に、目を奪われる。

「たぶん、俺も、伏見が一緒なら、楽しい……かも」

ぽろり、とつぶやくと、伏見もこんなことを言われるなんて思ってもみなかったんだろう。

「「………」」

お互い気恥ずかしくなって、赤い顔のまましばらく無言が続いた。

「き、急に、そんなこと、言わないでよ」

小声でぼそっと言って、腕を軽く叩かれた。

「きょ、今日は、帰るね？」

いたたまれなくなったのか、伏見は荷物をまとめて部屋をあとにした。

耳も頬もまだ赤いままだった。

③ 再会

昼休憩、二人きりの物理室で家庭教師姫奈《ひな》先生の話をすると、鳥越《とりごえ》はくすくすと笑った。

「自業自得でしょ」

「そんなわけあるか。小テストくらいで」

「その『くらい』で3点取ってるから、スパルタ姫奈先生が登場したんでしょ」

「ちなみに、鳥越は何点？」

「配点も大きかったし、さすがに一桁《けた》とか、ギャグ以前にちょっと引く」

「いいから、何点なんだよ」

「終わったテストより、中間どうするかで、頭いっぱいだから」

全然言わねえな……。

もしかして、鳥越も人の点数笑えないくらい悪いんじゃ？

頭が悪いイメージはない。先生に当てられても、無難に答えたりしてるし。

読書しているせいか、頭がいいイメージのほうが強い。

でも、それはあくまでもイメージ。

小説が好きだからといって、英語や数学の点数がいいっていうのは別問題だ。

「鳥越も、一緒に姫奈先生に勉強教わらない?」

キツい勉強も連れ合いがいればまだ耐えられる気がする。

「いや、いいよ。邪魔しちゃ悪いから」

「邪魔? 勉強の?」

「地獄みたいな鈍感具合だよね」

地獄って。

空気読むのは得意じゃないけど、そこまで言うことないだろ。

「ちょっと訊いてみる。鳥越も一緒に勉強したいって」

「微妙に嘘《うそ》を混ぜるのはやめて」

「ま、本当のところは、俺《おれ》がいてほしいってのもあるんだけど」

メッセージを送ってもいいか、という視線を送ると、鳥越は両手で顔を覆《おお》っていた。

「ほんと……地獄の鈍感具合……そんなセリフ、私に言わないでよ」

顔は見えないけど耳が赤い。

「伏見《ふしみ》は、去年、中間期末の計六回、全部トップ5に入ってるんだ。下手に先生に教わるより
わかりやすいかもしれないぞ」

「ブーメラン、刺さってますよ」

「俺はいい点取りたいなんて、今まで思ったことないからいいんだよ」

呆《あき》れたように鳥越が笑う。

「ふふふ。よくないから、伏見さんが世話を焼こうとしてるんでしょ？」

一緒の大学に通う……そんな約束をしたかは覚えてないけど、ちょっとした目標ではある。

何したいかなんて全然わからないし、だからとりあえず進学するなら、同じところがいい。

というより、伏見と違う学校に通うっていうのが、俺にはまだ想像がつかない。

「……それが、高森《たかもり》くんのためになるなら、一緒に勉強してあげてもいいよ」

「素直じゃねえな」

「私は一人でもちゃんと勉強できるから。むしろ頭下げてお願いされる立場なんだけど？」

放課後に想《おも》いを打ち明けられてから、鳥越は少し砕けたことを言うようになった。

仲良くなった証《あか》しとでも思っておこう。

「頼む。一緒に勉強してくれ」

「いいよ」

高飛車な態度をとったかと思えば、あっさりと了承してくれた。

言質《げんち》も取ったし、伏見にメッセージをさっそく送る。

すぐに返信があった。

『いいよ！　大歓迎！』とのことだった。

それを鳥越に伝えると、

「長居はしないから大丈夫って、言っておいて」

「え？」

首をかしげたけど、俺は言われた通り伏見に伝えた。

既読にはなったけど、返信はなかった。

「伏見さんから、こっちにメッセージきたよ。似た者同士、どっちもいい人だから困るんだよね」

と、鳥越は携帯につぶやいていた。


放課後、学級日誌を書き終えて図書室へ場所を移す。

「諒《りょう》くんは、ライバルがいたほうがやる気出るのかな？」

「ただ誰《だれ》かを巻き込みたかっただけだと思うよ」

鳥越に真意を突き止められ、ぎくりとする。

「お、教えるなら一人も二人も、あんま変わんねえだろ」

図書室の奥にある資料閲覧スペースには、今は俺たちしかいない。

テスト前でもないのに、勉強する殊勝な生徒は他にはいないらしい。

向かいに伏見が座り、生徒の俺と鳥越は並んで座る。

先日同様、今日の授業のおさらいからはじまり、それぞれのわからないところを伏見が掘り下げて教えてくれる。

「鳥越さんも、ちょっと、アレだね……」

「っ……！」

アレってどれだ。

教科書をめくったとき、挟んであったプリントがちらりと見えた。

「鳥越、それ、小テストじゃ」

「ち、違うから」

「12点って、おまっ……」

「今回は、勘が外れただけだから」

「わかる、わかるぞ、鳥越。勘ってすげー大事だもんな。でも、真面目《まじめ》そうなのに、点数がこれって、なんか損してるな？」

ぷぷぷ、と俺が笑うと、伏見に真顔で怒られた。

「諒くんは人のこと笑えないから」

「はい……すんません」

つん、と机の下で足を軽く蹴《け》られた。

お返しに、俺も蹴り返す。

「んもう、ちょっと。真面目に問題解きなよ」

「最初に仕掛けてきたのはそっちだろ」

隣で鳥越がため息をついた。

「仲いいのはわかったから、机の下でいちゃつかないで」

鳥越にも怒られた。

「「い、いちゃついてないから」」

「はいはい。仲いいね」

「鳥越さんが、意地悪に……」

ががーん、と伏見がショックを受けていると、鳥越はゆるく首を振った。

「ごめん。そういうつもりじゃなくて。ちょっとからかおうと思っただけ」

「おい、鳥越、人のことイジる暇あったら問題解けよ」

「一問しか解けてない人に言われたくないから」

「諒くんはちゃんと集中して。やればできる子なんだから」

おまえは俺の母さんか。

下校時間が迫り、勉強会をそこそこに切り上げて俺たちは図書室をあとにした。

なんというか、ちょっと楽しかった。

「鳥越さんがよかったら、また三人で勉強会しよ?」

「伏見さんは、いいの?」

「うん。楽しかったもん」

嘘のない良い笑顔だった。

「じゃあ、うん」と鳥越もはにかんだような笑みを返した。

昇降口を出たところで、校門のあたりに女子が立っているのが見える。

ウチの制服じゃない。

部活終わりの彼氏を待ってるとか、そんなところだろう。

その子を見て、鳥越が「あ」と声を上げた。

「みーちゃん、何してるの?」

みーちゃん? 最近、この名前をどこかで聞いたような。

「しーちゃん、久しぶり」

誰だこの子。

「あ、篠原《しのはら》さん? 久しぶりだね」

と、伏見が言う。

篠原さん? ってことは、篠原美南《みなみ》……?

眼鏡《めがね》が、縁なしから黒ぶちに変わっていて、髪も以前より長くなっていた。違う高校の制服

着てるから全然わからなかったけど、よく見れば、たしかに篠原美南だった。

「伏見さん久しぶり。それと、タカリョーも」

篠原は切れ長の瞳《ひとみ》で、俺と伏見を交互に見た。

何しに来たんだ、こいつ。

っていうのが、心の声、第一声。

「お、おう、久しぶり……」

「諒くん、どうしたの？　顔引きつってるけど」

「そんなはずねえだろ」

思わず俺は両手で顔を揉《も》みほぐす。

鳥越と篠原が、二人でしゃべりはじめた。

「みーちゃん、何でここに？」

「ちょっと、近くを通りがかったから、いるかなと思って」

篠原は、鳥越並みにクールな印象がある。目元と眼鏡のせいだと思うけど。

二人に伏見が交ざり、久闊《きゅうかつ》を叙《じょ》しはじめて、俺はいよいよ話題に入っていけなくなってきた。

……ちょうどいい。ここは女子同士でよろしくやってくれ。

「じゃあ、俺、先帰る――」

「立ち話もあれだし、みんなでモック行こうー」

伏見が穢《けが》れのない眼差《まなざ》しで提案すると、ややあって篠原と鳥越が了承した。

モックってのは、みんな大好きハンバーガーショップだ。

ちら、と篠原に目をやる。

じい、と俺を見つめていた。なんというか、俺は篠原がちょっと苦手かもしれない。

宇宙人並みに何考えてんのかわかんねえし。

「お、俺用事あるから」

「ないよ、諒くんに放課後の用事なんて」

「何でおまえが決めるんだよ」

そうです、その通りですよ、くそう。

「みーちゃんがいいなら、高森くんも」

「私は別に構わないけれど」

「……」

構えよ。てか、微妙に気まずいんだよ。それはおまえが一番わかるだろ。察してくれよ。

っていう俺の願いは届くわけもなく、気軽な雑談を交わしながら、伏見と篠原が前を歩きはじめた。

「もしかして、みーちゃんと気まずい？　ちょっと嫌？」

鳥越……。おまえは、俺の気持ちを……。

俺が女神を見つめる眼差しをすると、その女神様は口元だけでプススと笑った。

「……ふ。ウケる。気まずいんだ」

こいつ、楽しんでやがる。

そんなことねーし、って言ったけど、強がりはすぐにバレてしまった。

「過去に色んなことがあったらしいし、それも仕方ないっちゃ仕方ないと思うけど」

「なんか聞いてる？　俺のこと」

「まあね。『みーちゃんと付き合えなかったら死ぬ』って情熱的な告白をしてきたのに、付き合ったら三日で、『やっぱ無理だわ』ってフった勝手クソ野郎だと」

おい、立場入れ替わってんぞ、篠原。全部てめーのことじゃねえか。

自分がやったことを俺になすりつけてきやがって。

「そんな人だから、しーちゃん気をつけてねって」

「おのれ、篠原……ネガキャンしやがって……！」

沸々と篠原に対して怒りが湧《わ》いてきた。どうにかして復讐《ふくしゅう》してやらねえと。


駅前のモックに到着すると、各々好きなものをカウンターで注文し、二階の空いているボックス席を見つけて座った。

俺だけポテトを買って、女子三人はアイスクリームを買っていた。

「諒くん、気が利《き》くねぇ。甘いものとしょっぱいものは交互に食べるとどっちも良さが引き立つんだよ」

むふふ、と伏見は楽しそうにぺろりとアイスを舐《な》めたあと、ポテトをひとつ口にする。

世間話のような近況報告が終わると、改まったように篠原が尋ねてきた。

「伏見さんと、タカリョーは、付き合ってないん、だよね？」

ちら、ちら、と視線が俺と伏見の間を往復した。

「そうだけど」

俺が悩みもせずに言うと、修行僧みたいな顔をする伏見は、俺の脇腹《わきばら》を指で刺した。

何しやがる。

ふうん、と言って、アイスを食べる篠原。

「そういや、みーちゃん。眼鏡変えたんだね。中学のときは縁なしだったのに」

「ぶほ、げほ」

篠原がむせた。

げほげほ、としていると、「大丈夫？」と伏見がハンカチを貸そうとする。

「ありがとう、大丈夫」とそれを篠原は断った。

おほん、と仕切り直すように咳払《せきばら》いをした。

「ま、まあね。変えたよ」

「前より視えるようになった？　『世界』は」

鳥越の口元が笑っている。かすかにだけど。

「……別に、しーちゃんには関係ないでしょ」

小声で目をそらしながら言うと、鳥越が続けた。

「今はどういうふうに視えてるの？」

だらだら、と篠原の汗が止まらない。

もしや、こいつ……世界が視えるだの何だのって言ってたのは、物理的な話じゃなくて――。

「どゆこと？？　ナニソレ？？」と話が見えない伏見は首をかしげている。

話を振った鳥越は、唇にぎゅっと力を入れて閉じている。

あれ、たぶん笑うのを堪えてるんだと思う。

……こいつ、悪いやつだな。

じゃあ、篠原はあれだったのか。男子はかかりがちなあの病気。たしかにあの頃《ころ》、それ系の漫画やアニメは多かった。

「……眼鏡イコール内気でダサいっていうイメージがあったから、かけることに必然性をもたせたかった……？」

俺の仮説は的を射たらしく、篠原が滝汗を流した。

……ああ、確定だ。こいつ、元中二病患者だ。

てことは、俺に言った『運命の導きに従い～』ってやつ、アニメかなんかのセリフかと思ったけど、あれが、告白の言葉だったんだ。

「篠原、汗すごいけど、大丈夫か？　アイス、溶けるぞ、運命の導きに従い」

びくん、と肩をすくめた篠原。

俺の『気づき』に鳥越も気づいた。

「みーちゃん、汗ふく？　運命の導きに従い」

俺と鳥越の一斉射撃にぷるぷる震える篠原は、顔真《ま》っ赤《か》だった。

頭上にいっぱい？を浮かべた伏見は、プレーリードッグみたいにきょろきょろと俺たちを見比べていた。

くいっと眼鏡の位置を直した篠原が、ずいっと残ったアイスを差し出してきた。

「タカリョーにこれあげる。きょ、今日は帰る……」

鞄《かばん》を手にして、篠原は席を立った。

「またね～」と何も知らない伏見だけは手を振っていた。

イジりだしたのは鳥越とはいえ、ちょっとやり過ぎたかな。

けど、俺のネガキャンをした報いだと思えば、許されるレベルだろう。

もらったアイスを食べようとすると、「わたしがもらう」と言って、伏見がアイスを奪った。

「取るなよ。自分のがあるだろ」

「これは……その……。諒くんは、わたしの食べたらいいよ」

「どっち食っても一緒だろ」

言うと、鳥越がアイスを差し出してきた。

「じゃあ、私のと交換する？」

「だから……どれ食っても一緒だろ」

この二人は、そんなに篠原のアイス食いたいのか？

首をかしげていると、窓の外に歩き去っていく篠原が見えた。

こっちを振り返ると、俺に気づいた。

口だけで、ばーか、と言うと、長髪を翻《ひるがえ》し去っていった。

久しぶりにしゃべったのを抜きにしても、やっぱ、あいつはよくわかんねえ。

④ あの頃のこと

「おい、じろじろ見られてんぞ」

「いいでしょ、減るものでもないし」

俺《おれ》と篠原《しのはら》が話していると、コンコンと伏見《ふしみ》が指先で机をノックした。

「私語禁止」

「「はい」」

放課後の市立図書館で俺と伏見、鳥越《とりごえ》が勉強をしていると偶然篠原がやってきた。

ここいらじゃあまり見ない聖女の制服に、見かけた利用者はちらちらと篠原に目をやっていた。

「使ってる教科書、一緒でよかったね」

誰《だれ》にともなく鳥越が言う。

そうでなかったら、こうして輪に加わることもなかったのに。

「何しに来たんだよ、昨日と今日」

「迷惑そうね。でもタカリョーには関係ないでしょ」

英文の問題を解きながら、鬼軍曹の目を盗んでこそこそとしゃべる。

近くを通りがかったからって、昨日は言ってたけど、さすがに連日『たまたま』学校近くにやってきて、『偶然』この市立図書館を覗《のぞ》くなんてあり得るのか？

しーちゃん、みーちゃんと呼び合う仲である鳥越あたりが怪しい。

何考えているかわからないけど、悪いヤツではないのでひとまずは放っておくことにしよう。

「勉強やりたいって思うか、普通」

「それは、タカリョーの普通でしょ。こっちも中間近いしちょうどよかったのよ。それに、仲良い子の中に混ざりたいって思うのはそんなにいけないこと？」

そうじゃねえけど、と俺はつぶやく。

「タカリョーくん、ほら集中して、集中」

熱心な伏見軍曹から注意が飛ぶ。

適当に返事をして、次の問題にとりかかった。


何だかんだで閉館近くまで俺たちは勉強をした。

休憩挟んで約二時間。集中して勉強をしたあとっていうのは、なんか清々《すがすが》しい。

鳥越と伏見が何か話し込みはじめ、俺と篠原が二人の後ろを歩く。

「伏見さんって、あんな表情する人だっけ」

「教室とはちょっとキャラ違うからな」

「中学のときは、仮面つけてる感じだったけど」

言わんとしていることはわかる。笑顔の仮面をずーっとつけているようだった。誰に対してもその笑顔で、見る人が違えば、胡散臭《うさんくさ》く思っただろう。

「伏見さんのこと、好きなの？」

「ぶふぉ⁉」

げほげほ、と俺はむせた。

変なタイミングで訊いてくるから、唾《つば》が変なとこに入ったじゃねえか。

「ラブ？　ライク？」

「わかんねえよ。元はと言えば、篠原のせいでわからなくなったんだぞ」

「私？　人のせいにしないでよ」

「俺は振り回されたって気持ちが強い。何かしてあげるべきだったのかもしれないし、でも、当時はまだよくわからなくて」

「……それは」

言葉を切って、篠原は少し考え込む。

「あれ、罰ゲームだったんだろ？」

「へ――？」

目を点にして何度も瞬《まばた》きをした。

「誰かに言えって言われて、俺に告ったんだろ？」

「えーと…………そ、そう！」

やっぱりな。

もう三年前のことだからとやかく言わねえけど、行動の謎《なぞ》が解けてよかった。

「そんなことだろうと思ったんだよ」

「へ、へえ……」

「そりゃ、半ば強制的に告らされて付き合えば、三日で無理ってなるわな」

「……そのこと、怒ってる？」

「当時も今も、全然怒ってないよ。何でそんなことしたのか、腑《ふ》に落ちてスッキリしたってだけだ」

「まあ……違……」

「え？」

「い、いや、何でもない！」

ふるふる、と首を振った。

「タカリョーの中では、そういうふうになってたのね……」

「イジメとかじゃないんだよな?」

「え――」

「違うんだよな?」

「う、うん。違う。それはない」

「ならいいんだ」

最後にわずかながら残った心配事がなくなって、俺は安心して笑みを浮かべた。

「ううう……罪悪感……」

「え?」

首をかしげると、何でもない、と篠原は言う。

「私、めちゃくちゃ嫌われてるんだと思ってた。振り回したこと自体は、事実だったし。だから、昨日はちょっと構えてたところがあるから……」

だから俺への対応は多少尖《とが》っていたらしい。

「あのときは、嵐《あらし》のような三日間ではあったたな」

もう三年前なんだな。

学校の中で変にギクシャクしたり、帰りは一緒に帰るもんなのか? とか頭を悩ませたり、でも男子の誰かに見つかれば冷やかされるかもって心配したり。

なかなかない経験をした三日だった。

「……」

隣を見ると押し黙った篠原はうつむきがちで歩いていた。薄暗い中でも、顔が少し赤いのがわかった。

「何でいきなり伏見さんと仲良くなったの?」

「何でいきなりって……一応幼馴染《おさななじみ》だし」

「そんな感じしなかったじゃない。中学のときは」

まあ、高一のときもそうだったけどな。

「ごめんなさい。悪く言うつもりはまったくなくて。でも、タカリョーの前で見せる素顔が、本当に素顔なのかって、誰にもわからないじゃない?」

途中で声を潜めた篠原に付き合い、俺も声量を落とした。

「どういうこと?」

「そういう仮面を装備しているだけじゃないのか、って思っちゃって」

「……」

「伏見さんと登下校一緒なんでしょ? タカリョーと会わないときとかって、何してるの?」

「それは……」

あれ? 勉強とか?

でも伏見は、『授業聞いていたら、大事な部分とそうでない部分くらいわかるよ』って前に言っていた。だから家で猛勉強してるってわけでもなさそう。

「あれ……？　何してるんだ？」

「ね」

身近に感じていた伏見との距離感が、少し開いたような気がした。

すぐ目の前に本人がいるのに。

「今度訊いてみたら？」

「ああ、うん……そうする」

テレビ見てたとか、携帯イジってたとか、宿題ちょっとしてたとか。

そういう答えが返ってきそうだったから、いちいち訊かなかったし、その必要も感じなかった。

篠原が煽《あお》ったせいで、変に気になっちまったじゃねえか。

「伏見さんに限って、変なことなんてしないでしょうけど」

「変なことって？」

「……女子の口から何を言わせる気なのよ、バカ」

女子が言いにくい『変なこと』……。

「そんなわけないだろ」

そんなわけ……。

鳥越と篠原とは、駅前付近で別れ、俺たちは電車に乗った。

空いていたシートに並んで座る。

「諒《りょう》くんも、今日みたいな集中力で勉強すれば、中間はきっと大丈夫！」

うんうん、と手応えを感じている伏見は、力強く熱弁する。

「やればできる子だって、わたし、信じてるから」

「おまえは俺の母さんかって」

あはは、と楽しそうに伏見が笑う。

この流れならさらっと訊けそう。

「なあ、伏見。土日とか、俺や茉菜《まな》と遊んでないときって何してんの？」

ほんの興味本位で、と俺は付け加える。

「え、土日？　土日……土日は……」

あ、あれ？　テレビ見たり携帯いじったり宿題してるんじゃ……。

「ちょっと待ってね！　もうちょっとだけ、待って。ごめんね」

「な、何を？」

「ええっと……心の準備とか、そういう、覚悟とか要るから」

俺は、踏んではいけない地雷を踏んだのかもしれない。

さらっと口にできるようなことじゃないのか、伏見。

⑤ 休日の尾行

昼休憩。物理室で俺《おれ》は鳥越《とりごえ》に昨日疑問に思ったことを訊いてみた。

「伏見《ふしみ》が一人のとき、何してるか知ってる？」

「知らない。一人の時間は誰《だれ》にでもあるし、何しててもよくない？」

まあ、そりゃそうなんだけど。

茉菜《まな》が作ってくれた弁当の卵焼きをひとつ口に放り込んで、考える間を作る。

鳥越も知らない。というか、興味なさそう。

心の準備が要ることってなんなんだ？

あの様子からして、言えるけどちょっと言いにくいって雰囲気だったな。

「変なことしてたりして」

「そんなわけねえだろ」

思わず鳥越のほうを見てしまった。

「冗談だから。マジにならないで」

冷静な声が返ってきて、バツが悪くなって俺は口を閉じる。

「女子は色々あるからね。男子みたいに能天気じゃないし」

「色々って？」

「自分磨きとか？」

意識高そうな、鳥越のイメージにない単語に少し笑いそうになった。

「伏見さんは、影で努力する派の人だと思うから、意外とありそう」

「そうなのか？」

「テスト前に、全然勉強してない、やばーいとか言って、きちんとやってるタイプっていうか」

「あぁ……」

その光景は何度か教室で見たことがある。

「自分磨き、ねえ……。訊いたんだ、何してるか。心の準備が要るから待ってほしいって言われて」

「心の準備？」

鳥越も首をかしげた。

昨日のうちに、茉菜に同じ質問をしたら、

『にーに、何？　意外と束縛系？　やめたほうがいいよー？　俺だけはあの子のことを何でも知っておきたい、とか思うのは』

って、自重を促された。

篠原《しのはら》は、俺に対しても仮面をつけているんじゃないかって言っていたけど、実際のところ、それはわからない。

いきなり『幼馴染《おさななじみ》』の仮面をつけはじめた可能性はゼロじゃない。

「じゃあさ。追いかけてみる？」


日曜日。提案を採用した俺は、鳥越と篠原の三人で駅前に集合した。

「ちょっとワクワクするわね」

すでに刑事気分の篠原は、あんぱんを人数分買ってきていた。

やる気満々じゃねえか。

「昨日は何してたの？」と、鳥越。

「昨日は、うちで茉菜と伏見の三人でゲームしたり、漫画読んだり、適当に」

「ザ・幼馴染って感じするわね」

「うん、だね」

日曜日は予定があるから、と伏見が言ったので、土曜に遊ぶことにしたのだ。

鳥越や篠原に訊いても、遊ぶ約束はしてないから、何かあるのでは？　と今日こうして集まることになったのだ。

伏見家のそばまで行くと、ちょうど家を出たところを見かけた。

物陰に隠れて、こそこそとあとを追いかける。

「どこ行くんだ？」

俺の疑問に答える人はおらず、黙ったままこっそりついていくと、電車に乗った。

目的地は、繁華街の浜谷駅。いつぞや二人で出かけた場所だ。

「ちょ、ちょっと私——『ピ』じゃなくて切符で——乗り越し精算しないと——」

改札前で財布を探したり切符を探したり、わちゃわちゃ慌てる篠原。

「先行ってるぞ。見失うし」

「ちょっと——待って」

篠原は置いていくことにした。じゃあな。

鳥越は後ろ髪引かれたようだけど、好奇心が勝ったらしく、俺についてきた。

「妹ちゃんが言ってた通り、服のセンス、ちょっとアレだね……。伏見さん、あの格好で浜谷周辺を闊歩《かっぽ》するなんて大丈夫なのかな。ＪＫとして」

あちゃー、と口にしたそうな鳥越だった。

「あ。あれは伏見さんなりの、みんなを和《なご》ますための小ボケ……？　出オチ……？」

「ギャグじゃないもんって言って涙目になるからやめてやれ」

伏見のあとをつけていくと、大通りから路地に入り雑居ビルにやってきた。

「どうしよう、本当に『変なこと』してたら」

「やめろよ。俺も今同じこと思ったんだから」

ビル自体は大きく、テナントが色々と入っているようだった。

三階と四階が華道や茶道など、色々なカルチャースクールがあるらしい。

ビルのテナント一覧を見て、ほっとした俺は（たぶん鳥越も）胸を撫《な》で下ろした。

伏見が乗った古いエレベーターは、４の表示で止まっている。

案内には、四階では書道教室やそろばん教室、その他会議室があるようだ。

あんぱん配達員に場所を教えて、俺たちもエレベーターに乗って四階で降りる。

しん、としている中、かすかに声が聞こえる。書道教室の先生やそろばん教室の先生の声らしく、教室が近づくとはっきりと耳に届いた。

ガチャ、とまた別の部屋から人が出てきた。小学校高学年くらいの男子だった。

トイレに向かったようだ。あの子は何の教室なんだろう。

「高森《たかもり》くん、あれ。さっきあそこから」

鳥越が指さした先に、「浜谷アクターズスクール」とあった。

「ふうん。アクターズね、アクターズ……」

「みたい。伏見さんもここかな」

「なあ……アクターズって何？　どゆ意味」

俺が訊くと、鳥越も小難しい顔をする。

「携帯で調べなよ。そこにすべてが書いてある」

わかんねえんならカッコつけんなよ。

トイレ帰りの男の子が、怪訝《けげん》そうに俺たちに目をやって通り過ぎる。

扉を開けたとき、ほんの一瞬、それらしき背中が見えた。ダサT着てこの繁華街に来てるやつは、伏見以外にいないだろう。

「伏見さん、アクターズのスクールに通ってるんだね」

私意味知ってます、みたいな顔をしながら鳥越が言う。

「アクターズなら、別にやましくないのにな」

「だね」

そのアクターズが何なのかわからない俺たちの会話は、非常にふわっとしていた。

「追いついた」とあんぱん配達員が息を切らせながら到着した。

「ここに伏見さんがいるの？」

「「みたい」」

そうなんだ、と篠原配達員がこぼす。

「たしかに、これは言いにくいかもしれないわね。冷やかされると嫌だし、そうでなくても、変な目で見る人もいるでしょうし」

「「あー、わかる」」

背伸びをして、中を覗《のぞ》き見ようとする篠原。

「てことは……事務所とかに所属したりしてるのかしら」

「「事務所」」

「これが女子連中の間で知られると、変なやっかみとか、なくもないだろうから、そりゃ言いにくいわよね」

「「たしかに」」

「女優さんとか声優さんになりたいのかしら」

「「え」」

「そういうことでしょ、アクターズって」

部屋の中から、発声練習が聞こえてきた。

雑居ビルから出て、見つけたカフェチェーン店に俺たちはいた。

「意外でもないような気がするけど」

鳥越がカフェラテをふぅふぅと吹いて、ちびりと口をつける。

「そうか?」

「しーちゃんの言いたいことは、なんとなくわかるわよ」

篠原もそれには同意見だったらしい。

「聖女にだって、あんなレベルの子いないし」

「そうか?」

俺、さっきからそうか? としか言ってねえ。

鳥越も篠原も、芸能系の道に伏見が進もうとしていることに、不思議はないようだった。

大学に一緒に行くっていう約束をした、と伏見が言っていたので、少しだけモヤっとしたのが率直《そっちょく》な感想だった。

「大学行くって、伏見は言ってたけど」

「女優さんや声優さんだって、大学に行く人はいるでしょ?」

それもそうか、と俺は納得した。

そりゃ、進路だって考える。高二なんだから。

やりたいことがあるやつは、それに邁進《まいしん》すればいいし、やりたいことが思い浮かばないやつは、とりあえず大学に進学すればいい。

「……」

ちらりと鳥越が俺に目線を送ってきた。

「さっきから、口数少ないね」

「そうか？」

「タカリョー、もしかしてヘコんでるの？　僕だけのヒナちゃんガー⁉　って」

茶化《ちゃか》すようにくすっと篠原は笑うけど、今はそれに付き合う余力は俺に残されていなかった。

「そんなふうには思ってねえよ」

「あなたは見慣れているから、そんなふうには思わないかもしれないけれど、伏見さんは、県ナンバーワンって言っても過言ではないくらいの美少女よ？」

「何だよ、改まって」

そんなこと、わかってる。

「そんな女の子が、何かを演じたいって思っても不思議じゃないでしょう」

「そう、だな」

俺の返事の歯切れは悪い。

何だろうな、この気持ち。

ずっと遠ざけていた宿題を目の前に出された、みたいな。

俺だって、何かになりたかった。……そう『何か』にだ。

でもその『何か』ってやつは、あの日のまま何かのままで、それがどんな大きさなのか、どんな形なのか、どんな色なのかも、まるでわからない。

ずっとそばで見ていた伏見は、俺がまったく見えない『何か』を、すでに自分の中に持っている。

だからかもしれない。

勉強でもなく、スポーツでもなく、容姿でもなく、誰でも平等に持てるはずのものをすでに伏見が持っているから、少し驚いてしまったんだと思う。

「……伏見は、別に俺のものじゃないし、何しても、いいんじゃない？」

じぃーと二人が見つめてくる。

「聞いた、しーちゃん。『俺のものじゃない』ですって」

「い、いいから、そういうの」

篠原が足で鳥越を突くと、お返しに鳥越が小突き返した。

まだブラックでは飲めないコーヒーを、ひと口だけすする。

舌触りは滑らかで、ほんのり甘い。

伏見は、もうブラックで飲めるんだろうか。

昔の伏見のことは知ってても、今の伏見のことを、俺はほとんど知らないんだな。

「もちろん、今日のことは内緒よ？　伏見さんが切り出すまで、誰もこのことは口にしない」

「わかってるよ」

伏見は覚悟ができるまで待ってほしいって言っていた。裏を返せば、その気になればいつでも言えるってことだ。

「あ、私、お昼から予定あるから、ここで解散ね」

そう言って篠原は立ち上がると、まだ持っていたあんぱんをひとつずつ俺たちに配った。

結局食べずじまいだったな。

店を出ていった篠原をガラス越しに見送った。

「何になりたいんだろうね、伏見さん。やっぱり女優さんかな」

「そうなんじゃねえの」

「ふふ。やきもち焼いてる?」

「焼いてねえから。てか、誰にだよ」

「さあ」

口元だけで鳥越が微笑《ほほえ》む。

なんというか、見透かされているようで、居心地が悪かった。

「じゃなかったら嫉妬《しっと》とか」

「この話、ここでストップな」

わかった、と鳥越はさっきより笑顔を大きくして言った。

からから、ともう少しでなくなりそうなコーヒーを、スプーンでかき混ぜる。

「みーちゃんめ……」

ん？　と目で尋ねると、鳥越は首をゆるく振った。

「このあと、どうする？　まだ十一時だけど」

「高森くん、帰らないの？」

「あぁ……そういう感じならそうしようか」

「え──。行きたい場所があるって言ったら、ついてきてくれる？」

「あれば付き合うけど。せっかくこっちまで出てきたことだし」

「じゃ、ちょっと待って」

慌てて携帯で何かを検索しはじめた。

「ここ、とか──どうですか」

「何で敬語なんだよ」

差し出した携帯の画面に表示されていたのは、この近くにある大型書店の地図だった。

「ああ、うん。いいよ」

「ここなら、色んな本があるし、漫画の品揃《そろ》えもこの地域では最強……」

品揃え最強の言葉に惹《ひ》かれて、俺はその書店に行くことを了承した。

「ほんとにおっきいから、気をつけて」

「何にだよ」

「迷子とか」

「いや、そうじゃなくて、私が……」

「そっち？」

思わず笑ってしまった。

「方向音痴だから……見慣れた場所でも、どこに今いて、どこにむかって歩いているのかわからなくなる」

しっかりしてそうなのに、意外だな。

「だから、連れて行ってください……」

「ああ、それで地図」

合点がいった。

改めて携帯の地図を見て、どこをどう行けばいいのか確認する。

幸い、歩いて五分少々で行ける距離だったので、それほど迷う心配はなさそうだ。

「好きな作家の新作が出たみたいだから、ちょっと気になって」

店を出ると、雨がぽつりと落ちてきた。

いつの間にか空は鈍色《にびいろ》で、この雨も強くなりそうな気配だった。

見つけたコンビニに入り、割り勘で傘を買う。

「いいの？　私が入っても」

「俺は子供か」

「割り勘だから鳥越にも使う権利あるだろ」

「……そう、だね。ありがと……」

小声でお礼を言うと、控えめに中に入ってきた。

強くなりはじめた雨の中、その書店へ迷わず辿《たど》り着いた。

軒先で傘の雨粒を払っていると、不満げに鳥越は首をかしげていた。

「……案外近いんだね」

「うん。よかった。雨も降ってきたし」

「……もうちょっと遠くでもよかったんだけど」

「濡《ぬ》れるだろ」

俺が言ったときには、もう鳥越は背をむけて店内に入ったところだった。

店内はかなり広く、五階建てのビル一棟が丸ごとその店舗となっていた。

俺は漫画コーナーで気になる作品を探したり、集めている作品の新刊がないかを探していた。

普通の書店ならそれだけで一〇分もかからないだろうけど、何せ鳥越が言った通り品揃えは最強だったので、一時間近くはそれに費やすことができた。

別行動中の鳥越は、たぶん小説コーナーにいるんだろう。ちなみにそれは二階。

一瞬でも、デートなのか？　と思ってしまった自分が恥ずかしい。

けど、お互い目的だけのために行動してあとで合流っていうのは、とても理に適《かな》っている気

がする。うろうろしているとき、気を遣わなくてもいいしな。

「……」

広い広いフロアの隅で、小説コーナーにいるはずの鳥越を発見した。

すると、あちらも俺に気がついた。

「あ、ごめん。えっちな漫画探すだろうから、別々がいいと思ったんだけど」

「待て。俺がエロ漫画を探す前提で話を進めるな」

クラスの女子と書店に来てるのに、そんなリスク犯さねえよ。

ちなみに鳥越が手にしていたのは、ちょっと過激な漫画だった。

「このBL、伏見さんにも勧めようと思って」

「俺にその現場見つかってるんだから、ちょっとは慌てろよ」

手にしている漫画は、上半身裸同士のイケメンが絡《から》み合《あ》っている表紙だった。

「趣味が全然違うなら勧めないよ。でも、読んだ小説の中に、そうとも読める小説があって、伏見さん、それを面白《おもしろ》いって言ってたから」

どうやら鳥越は、伏見の中に眠る素養を感じたらしい。

「あれはBLだよね、ってその小説のことをみーちゃんと話してて」

篠原、おまえもか。

「だからね、文学なんだよ、BLは」

深い発言……のような気がする。

いや、深いのか？　全然わからん。

「高森くんも、読んでみる？」

「勧めないでくれ。開けちゃいけない扉が開いたらどうすんだよ」

「それは……たしかに困るかも」

だろ、と俺は嘆息交じりに言った。

さっきから、付近にいる女性客の視線が痛くて仕方ない。

じゃあ、と俺は元の漫画コーナーへと戻っていく。

気づいたら女性用下着の売り場だったときのような、変なドキドキ感から解放された。

「ああやって布教して仲間を増やしてるのか？」

仲良くなるツールのひとつであるなら、それはそれでいいんだろうけど、どっぷりハマった伏見の姿は想像しにくい。

気になっていた漫画と新刊のそれぞれ一冊を持って、会計を済ませる。その頃《ころ》には鳥越も選別は終わったようで、レジに並んでいた。

「腹減ったな」

書店をあとにして、俺たちはあてもなく街をぶらつく。

時間はもう正午を過ぎている。

財布の残金を確認して、お互いまだ余力が少しだけあったので、見かけたファミレスに入って食事休憩とした。

「みーちゃんと付き合ってたときって、どうだった？」

注文したハンバーグセットが来るまでの間、さらりと鳥越が訊いてきた。

「付き合ってねえよ。罰ゲームで告られただけだし」

「え？」

それまで携帯をいじっていた鳥越が、不意を突かれたように顔を上げた。

「だって、『付き合えなかったら死ぬ』って言ったんじゃ」

「俺がそんな情熱的に何かをアピールするキャラだと思うか？」

言われてみれば、と鳥越は難しい顔をする。

「篠原が言ってたことは全部逆で、あいつがやったことを、俺がやったってことにして話してるんだよ」

「……道理でなんか変だと思った」

女性店員の高い声とともにハンバーグセットがふたつ運ばれてくる。それを口にしながら、俺は知っている限りのことを鳥越に話した。

「……だから、まあ、三日でフラれたんだよ」

ふうん、と鳥越。

「じゃあ、何もしてないんだ？」

「手も握ってない」

そうなんだ、と鳥越はナイフとフォークでハンバーグを切り分けて口に運ぶ。

俺は面倒だったので箸《はし》を使っている。

「ふうん。そうなんだ」

何回言うんだよ。

「みーちゃんらしいというか。意地っ張りだから、自分が下手に出たって思われるのが恥ずかしかったのかな。それとも、みーちゃんの中では、誰にも知られたくない黒歴史になってたりして」

「俺は篠原の黒歴史かよ」

くつくつ、と控えめに鳥越は笑った。

ソテーされたニンジンをフォークで刺して、ぱくりと食べる。

「キスは」

「もちろんしてない」

「誰とも？　伏見さんとは？」

一瞬、電車の中でぶつかったことが思い出されたけど、あれはノーカン。事故だ。

「ないよ」

今日何度目かの「ふうん、そうなんだ」と言う鳥越。

表情に出ることがあまりない鳥越にそんなふうに言われると、観察されている気分になる。

「逆に鳥越は？　あるの、経験」

「あると思う？」

「意外とあったりして」

「どうかな」

「言えよ、俺は言ったのに」

「想像に任せるよ」

「んだよ、それ」

つまんね、と俺が呆《あき》れたように言うと、楽しそうに鳥越は肩を揺らした。

それから、真面目《まじめ》な顔をして言う。

「経験ないほうが、変なのかな」

「女子はマセてるやつが多いから、男子より数は多いんじゃない？　だから変とかって話でもない気が……」

こんな話題、男子の俺にするなよ。

気兼ねなく話してくれるのは別にいいんだけど。

「トイレとかでね、彼氏とキスしただの、その先がどうだっただのって、自慢するみたいにしゃべる人いるんだよ。それで、みんな『わかるー』みたいな口調で賛同して。私は、全然わからなかった。好きな人とそういうことをしてみたいなって妄想することはあるけど、それを口に出して気持ちを友達と共有したいって思えなくて」

好きな人とそういうことをしてみたい――？

「……」

「どうしたの、顔赤いけど」

「何でもない」

鳥越は、そういうつもりで言ったわけじゃないのに、唇に目と意識がいってしまった。

小首をかしげて、鳥越は続けた。

「ああいう子たちって、自分が少女漫画の中にいるみたいに話すんだよね。聞いてる側も、それでそれで、って先を促して。私も、もしかするとあと一か月早かったら、そんなふうに少女漫画の中にいけたのかなって」

「俺に言うなよ、そんなこと」

「ごめんね。他意はないんだけど、話しやすいから、つい」

「そういう評価をしてくれるところは嬉《うれ》しいよ」

ハンバーグセットに含まれているドリンクバーの飲み物を入れようと席を立つ。

「あれ、諒《りょう》くん」

「ああ、こんちは」

伏見のお父さん――経久《つねひさ》さんがいた。丸みのある眼鏡《めがね》に、優しげな相貌は以前会ったときと全然変わらない。

経久さんの顔立ちはすごく綺麗《きれい》なので、伏見は両親のいいところをもらって生まれたんだろうなと思う。

経久さんがいるボックス席は、俺と鳥越がいた席からも近かった。

一緒にいるのは、追跡したときに見かけた男の子とその母親らしき人だった。

アクターズスクール終わりに食事をしに来たらしい。

「姫奈《ひな》もさっきまでいたんだけど、やっぱりいいって、帰っちゃって」

「そうなんですか」

この席からだと、俺たちがいる席はよく見えた。

⑥ S級美少女の将来

経久《つねひさ》さんは、ときどき伏見《ふしみ》のレッスンを見学しにやってくるという。

「え、知らなかった？　意外だね。レッスンのことは諒《りょう》くんには言ってそうなものなのに。まあ、僕もあまり本心じゃ賛成ではないんだけれど、やるって言うからには応援してやろうかなと思ってね」

そう言って経久さんは笑った。

あのモヤっとした感じは、知らされなかったせいなのか、それとも別に原因があるんだろうか。

俺《おれ》が席に戻ると、鳥越《とりごえ》はさっきいた場所をちらりと見て、オレンジジュースを飲む。

「さっきの、知り合い？」

「伏見のお父さん」

「そうなんだ」

「鳥越は、何かある？　高校卒業した先のプラン」

「プランて」

「じゃ何て言えばいいんだよ」

「そうだなぁ……今なら、伏見さんの気持ちも、ちょっとわかるかな。何をやりたいか言わずにいたこと」

鳥越は、ストローでコップの中を意味もなくかき混ぜながら、くるくる回るオレンジジュースを見つめていた。

「わかるって、何が？」

「いちいち言うことじゃないでしょ、そういうのって。少年漫画の主人公じゃないんだしさ。何かになりたいって、声高に宣言、普通しないでしょ」

「まあ、そうか……」

「それを簡単に口にしないってあたりが、なんかリアル。伏見さんの中では、憧《あこが》れとか夢みたいなフワついたものじゃないってことでしょ」

鳥越らしい冷静な正論……少なくとも俺には正論に思えたそれを聞いて、伏見がどうして軽々と公言しなかったのか、納得いった。

「そういうのってさ、胸に秘めるもんでしょ」

基本無表情な鳥越だけど、今は『いいこと言ったでしょ』とでも言いたげなドヤ顔をしていた。

「経久さん……伏見パパの話じゃ、演技や演劇とかそっち系なんだと」

「努力家で一途《いちず》っぽいし、テレビに出るような女優さんでも声優でも舞台女優でもなれると思うよ。伏見さんなら、何でも」

どきりとした。何だこの気分。

「………かもな」

それだけ、どうにか俺は口にした。

この話題は、それが最後のやりとりで、鳥越は話を変えた。

物理室ではそれほど話すことは少ないのに、今日はよくしゃべった。俺もつられてあれこれ話した。

夕方頃《ごろ》にファミレスをあとにして、浜谷駅前で解散し、鳥越は俺とは反対方向のホームに向かった。

先にあちらが電車に乗り込み、窓際にいるのが見えて目が合うと、はにかみながら小さく鳥越は手を振った。

俺も手を振り返した。

ピコン、と電子音がすると、メッセージを受信した。鳥越からだ。

『付き合ってくれてありがとう。楽しかったよ』

どういたしまして、と返信をする。

するとすぐに既読マークがついた。

またメッセージを受信したと思ったら、鳥越じゃなくて伏見からだった。

『今日は鳥越さんと遊んでたの？　わたしも誘ってくれればよかったのにぃー』

不満げな顔がすぐに思い浮かんだ。

『あのファミレスいたんだってな。こっちくればよかったのに』

こちらも既読にはなったけど、返事はなかなか返ってこなかった。

誘ってほしかったたって言っても、おまえはレッスンがあったんだろ。

それをメッセージ画面に入力したところで、全部消した。


家に着いたあたりで、今日はカレーらしいというのがすぐにわかった。

駐輪スペースとしている駐車場の脇《わき》に自転車を置いて、家に入る。

キッチンを覗《のぞ》くと、母さんがカレーの入った鍋をかき混ぜていた。

「ただいまは？」

「それを要求する前に言うことあるだろ」

「おかえり」

「ただいま」

今日の仕事は夜勤らしい。冷蔵庫に貼《は》ってあるシフト表にそう書いてある。

「なあ。母さんって、何で看護師になったの？」

「そんなの訊いてどうすんの」

「いや、なんとなく」

ちらっと母さんを見ると、イタズラを覚えた猫みたいな顔で俺を見つめていた。

「何、何何、青春ー？」

「うるせえな。違うわ」

「もう反抗期。言葉遣いが。ほんと怖い」

絶対そんなこと思ってねえだろ。

「何でなったんだろうね」

「理由などとうに忘れた、ってか」

「そこまで年月経《た》ってないわよ」

じと目で睨《にら》まれた。

「なんとなく、じゃない？」

「あ、そう……」

「今日は母カレーだから。茉菜《まな》カレーじゃなくて」

あ、そ、と俺はまた似たような返事をする。

茉菜はどうやら今日はお泊まりをするらしく、友達の家へ出かけたそうだ。

「『にーにが構ってくんないからもぉいぃー』って言って出てったわ」

「目に浮かぶ」

「いい嫁になるよ、茉菜ちゃんは。可愛《かわい》いしおっぱい大きいし」

最後の関係あるか？

作ってもらった母カレーを食べて、席を立つ。

部屋で適当に過ごしていると、伏見から電話がかかってきた。

「どうかした？」

『お父さんが、色々しゃべったってさっき聞いて』

「ああ……レッスンのこと」

『うん。隠すつもりもなくて、諒くんにはいつか言おうと思ってたんだけど』

経久さん経由で知ったんじゃなくて、実際目の当《まあ》たりにしたとは言えなかった。

それから伏見は、どうしてその道を選んだのか、話してくれた。

最初は、中学のときに見た演劇がきっかけだったという。

生で演技を見たその熱量や迫力に圧倒されて、そっちの道を夢見るようになったそうだ。

「そんなことが」

『うん。諒くんの知らない「わたし」でしょ』

これには苦笑するしかなかった。

「何でも知ってるわけじゃないんだよな。お互い」

『きっと、わたしの知らない諒くんもいると思うよ』

そうだな、と俺は言う。

中学三年間と高校の一年、合わせて四年もあれば、そりゃわからないことだって出てくるだろう。

『レッスンのこと、率直《そっちょく》に、どう思った……？』

鳥越から借りてきた言葉が口を突いて出た。

「伏見なら、たぶんなれるよ。女優でも舞台俳優でも、何でも」

くすぐったそうに伏見は笑った
『ありがとう』

そして、こう続けた。

『誰《だれ》にも言ってないけど、わたし、女優さんになりたい』

少年漫画の主人公みたいに、宣言した。

⑦ 嫉妬と再燃

◆伏見姫奈《ふしみひな》◆

諒《りょう》くんとの電話が終わり、携帯をスリープ画面にしておく。

「……」

訊けなかった。昼間のこと。

ファミレスに入った瞬間に、窓際の二人には気づいた。

様子を少しだけ窺《うかが》って、お父さんには先に帰ることを告げて家に帰ってきた。

鳥越《とりごえ》さんは、饒舌《じょうぜつ》にしゃべっていて、諒くんもそれに応じるようにして会話が盛り上がっていた。

あのとき、あのテーブルに割って入るような勇気はない。

わたしだって、さすがに空気くらい読む。

でも、近くにもいたくなかった。

何で二人きりなの？　とか。

諒くん、今日出かけるなんてひと言も言ってなかったのに、とか。

会話が耳元をかすめるだけで、そんな質問が浮かんでは消えていった。

『この前言ってた漫画、買ったから今度渡すね』

鳥越さんからのメッセージを受信した。

鳥越さんは、諒くんに告白をして、結果的にはフラれた形だった。でも、すぐに好きじゃなくなるわけでもないんだ。

そんな当たり前のことなのに、わたしは諒くんを安全圏に連れてくることができたと思っていた。

「円満に、丸く収まらないのかな」

難しいな。

今度どんな顔をして鳥越さんに会えばいいのかわからなくなった。

自分なら好きを貫く、なんて大見得《おおみえ》を切ったけれど、前言に対しての自信がなくなっているのを感じる。

諒くんは、自分の隣にはわたしが一番収まりがいい――みたいなことを言ってくれたけど、まだその優先座席はわたしのものじゃないのかもしれない。

付き合ってるのか、っていう篠原《しのはら》さんの質問に、諒くんは大して悩みもせずに付き合ってないと回答をしていた。

ちょっとくらい悩んでよ。

ベッドに倒れ込み、枕《まくら》に顔をうずめる。

「悩めよぅ、バカ……」

アプリを立ち上げて、鳥越さんにメッセージを返信するべく文字を入力する。

『ありがとう！　楽しみ！』

なんか違う。テンプレートな返事で、上っ面で言っている気がする。

削除。削除。削除。

『ありがとう』

これだけっていうのも、愛想がない。

削除。削除。削除。

鳥越さんちの近所には書店がない。って、いつだったか不満を言っていた。

だから、その漫画を買ったとすればきっと今日。

『諒くんとのデート、楽しかった？』

しっくりきた。本音の本音。でも……削除。さすがに、言えない。

わたしと話すときは、共通の趣味があるからある程度盛り上がれるけど、あんなふうに、楽しそうにすることは少ない。

「そりゃそうだ」

わたしもそうだもん。

好きな人となら、何してても楽しいもん。

◆鳥越静香《しずか》◆

『この前言ってた漫画、買ったから今度渡すね』

メッセージが既読にはなったけど、返事はまだない。

この前言っていた漫画っていうのが、どれを指しているのかわからないのかも。

作品の公式ページのURLを貼《は》って再び送信する。

調子に乗って攻めすぎた内容だったかも。と少し反省する。

試し読みページがあるので、そのURLも送信した。

『読んでみて』

思い出してもらおうと、いつ、どういうときにその話をしたのか入力をして、はたと指が止まる。

……私、焦《あせ》ってる。

ほんのかすかに、感じていた罪悪感。

友達が好きな男子を、流れの上で自然だったとはいえ、遊びに誘ったこと。

けど、私だってまだ好きなのだ。

地獄のように鈍感で、どきっとするようなことをたまに言い放つ彼が。

例のレッスンとやらが終わる時間もわからないし、ばったり出会うこともないだろうという部分も、書店デートを後押しした。

今日の追跡も伏見さんには黙っている予定だったから、高森《たかもり》くんもわざわざ口外しないはずーー。

予定通りなら、今日のデートは私と高森くんのちょっとした秘密のままで終われた。

でも、あくまでも予定は予定だった。

ファミレスに伏見さんがいたことを知ると、むくむくと罪悪感は胸の内で大きく膨らんでいった。

私たちのことを見て何も思わなかったのなら、帰ったりしなかっただろう。

「間が悪いなぁ……」

私と伏見さんは、そういう星の下に生まれてしまったんだろうか。

一部分で相性《あいしょう》がいいのに、非常に摩擦を起こしやすい側面があるというか。

謝るのも、何か違う。

『二人きりであのあと何したん??』

みーちゃんからのメッセージ。

ニヤつく表情が目に浮かぶ。二人きりにしてくれたこと自体はファインプレイで、心の中でお礼を言った。

そのあとの流れと伏見さんのことを説明すると、真顔で汗を流すクマのスタンプが送られてきた。ぽんぽんぽん、と連続で。

『私が悪者になっちゃうよね、これ』

『付き合ってないんなら、悪者じゃないような』

形の上ではね。形の上では。

『軍師殿、私は一体どうすれば』

『わからん』

頼みの軍師もお手上げらしい。

『タカリョーが一番悪い説ｗｗｗｗｗ』

『それなｗ』

『でも真面目《まじめ》な話。仕方ないでしょ。好きなんだから』

活字にされると、余計にくすぐったくなってしまう。

『タカリョーはたぶん持て余すよ、プリンセスのこと』

ああ、そうか。

なんとなく今日感じた高森くんのすっきりしない反応とその違和感。

持て余す、手に余る、が表現としてしっくりときた。

『どうかな』

そんなふうに風向きが変わればいいなと思いつつも、ネガティブな発言になるのは、きっとまだ自分に自信がないからだ。

『誰《だれ》もが振り返る大輪のヒマワリ。片や路傍のタンポポ』

どっちがそうなのか、言われなくてもわかった。

『それくらいの格差はあるね』

『ちょっとは否定《ひてい》してくれないと、核心ついちゃったみたいで気まずいデス』

『ほんとのことだし』

『けど、少年漫画なら燃える展開だね』

『……漫画ならね、漫画なら』

そう。漫画だったら、私が大逆転劇を演じるはず。

小さい頃から一緒で、もう家族みたいな関係――とかたまに聞くけど、何かのきっかけさえあれば、一瞬にして先のステップに進んでしまうだろう。そのトリガーはたくさんある。

あんな幼馴染《おさななじみ》、ずるいくらい強い。

でも、戦うしかないんだろう。どちらかが諦《あきら》めるか、高森くんを好きじゃなくなるその日まで。

彼女と私がどれだけ仲が良くても、同じ人を好きになってしまったんだから。
この前のは、第一ラウンドってだけ。そこで負けてしまったっていうだけのことだ。

⑧ 幼馴染たちとアウトドア　その2

「BBQがしたい」

大真面目《まじめ》な顔で伏見《ふしみ》がそう言った。

「えええ……」

俺《おれ》は微妙だった。でも、鳥越《とりごえ》はそうじゃないらしく、提案に密《ひそ》かに目を輝かせていた。

「いいんじゃないの」

言葉以上に提案を推しているのは瞳《ひとみ》を見ればわかる。

数日後に迫ったゴールデンウィークに何をするか、勉強中だっていうのに、その話題でもちきりだった。

「友達がいれば、そりゃBBQの一度や二度、するよね」

得意そうな顔で伏見が言う。

だね、と鳥越も後押しをした。

「三人ってのも寂《さび》しいけどな」

「篠原《しのはら》さんを呼ぼう」

「高森《たかもり》くんちの妹ちゃんも呼べば、全員で五人」

うん、決まりだ、とでも言いたげに、二人は顔を見合わせてうなずき合う。

ろくに友達と遊んだことのない伏見と、似たような鳥越は、ちょっとした憧《あこが》れをBBQに抱いているらしかった。

かくいう俺も、友達とBBQなんてしたことがないから、楽しいかどうかイマイチよくわからないでいる。

でも、面倒《めんど》くさそうっていうイメージだけはあった。

「もうちょっとほら、ゴールデンウィークらしいことってあるんじゃないか」

「『何かって？』」

結託したときのパワーはすごいな。

何かって言われれば、とくに何も思い浮かばないんだけど。

「茉菜《まな》ちゃんも、ほら。にーにいなくてもオッケーだってさ」

と言いながら、伏見が携帯のメッセージ画面を見せてきた。

その言葉通りのことを茉菜が言っている。

俺が抜ければ茉菜も自動的に抜けるだろう、っていう二個一システムがあっさり崩壊した。

篠原とは接点がないはずだけど、茉菜は気にしないんだろうな、そういうの。陽《よう》キャラだし、あいつ。

「諒《りょう》くんは、ＢＢＱに嫌な思い出でもあるの？」

「いや、ないけど」

小学生の頃、夏休みにお楽しみ会か何かの企画でやったくらいだ。

「小三のときの夏休み、やったじゃん。楽しかったよ、あのときは」

プール入ってー、ＢＢＱしてー、花火してー、と指で数えながら思い出を語る伏見。

「……私、花火も、したい」

「うん、しよう」

「思い出に残る」

「ゴールデンウィークに」

「「しよう」」

がしっと固く握手を交わした。

二人の推進力が半端《はんぱ》じゃない。

「諒くんも」

一〇〇パーセントの笑顔で、伏見がもう片方の手を差し出してくる。それに応じて、鳥越も同じように手を出してきた。

輪に加われってことか。

「わかったよ」

渋々ながら、了承することにした。

「何だかんだ言いながら、一番楽しむタイプだから、諒くんは」

「んなことねえよ」

「ツンデレなんだね、高森くん」

「俺はBBQには屈しない。絶対だ」

「あ、これ屈するやつだ」

「うん。だね」

それからは、勉強そっちのけで、場所や食材をどうするのか、準備の話に入った。

勉強よりこっちのほうが楽しいから、俺は二人の会話を聞きながら適当に相槌《あいづち》を打ったり、意見を言ったりしていた。

「伏見、『学校』のほうはいいの？」

「え？　ああ、うん」

そのことを鳥越が知っていることも伏見は知っている。

「実は、連休最終日に劇団の公演があって。そこに少しだけ出させてもらうことになって」

言いながら照れくさそうに笑った。今はそれに向けて稽古中とのこと。

「どんな話？」

鳥越が食いつくと、伏見はそれについて教えてくれた。

どうやら、何回か公演するうちの一回に伏見が出ることになったらしい。同じ役が他に二人いるので、日によって交代するんだとか。

その劇団には、例のスクール出身の人が何人もいるから、希望すれば面接をしてくれるようだった。

オリジナルの現代劇で、伏見の役どころは、主人公（三〇代女性）の娘役だという。

「そんなにセリフは多くなくて、中学生って設定なんだけど、おかしくない？　わたし、高二なのに」

ちらっと鳥越が伏見の一部を見て、そうかな？と首をひねった。

「違和感ないから大丈夫だよ」

……今、胸見たな？

「じゃあよかった」

純粋笑顔が眩《まぶ》しい伏見だった。

「頑張ってね」

「うん。ガンバリます」

鳥越が篠原を呼んだようで、こっちまで来ることになった。

篠原と合流すると、ＢＢＱの打ち合わせをするべく近所の公園にやってきた。

誰《だれ》もいない東屋《あずまや》を借りることにして、木製のテーブルを四人で囲む。

「ＢＢＱってまたどうしてそんなことを」

他にもあるでしょう、と呆《あき》れた様子の篠原だったけど、概《おおむ》ね賛成らしかった。

「うちの妹も来るけど、いい？」

「ああ、茉菜ちゃん？　いいわよ」

知ってるのかよ。

「意外そうな顔をするわね。私、茉菜ちゃんと同級生の弟がいるからちょくちょく耳にするの。『ギャルの高森さん』の噂《うわさ》」

あいつ色んな意味で目立つもんなぁ。

本格的な打ち合わせをしていると、外灯が点《つ》き、周囲が薄暗くなったことに気がついた。

五人のメッセージグループを作って、細かい話はそこでしようということになり解散した。


「楽しみ……」

帰り道、うっとりとした表情で伏見はこぼした。

「そこまで楽しみにしてるんなら、開催するかいもあるな」

「実は、鳥越さんと仲良くなったあたりから、提案しようと胸に秘めてたんだ」

道理で強く推すわけだ。

あれこれプランを語り、それが出尽くしたあたりで不意に伏見が言った。

「諒くんも、一緒にやってみない？」

「演劇？　俺はさすがにパスしとく」

「意外とハマるかもだよ？」

「やるんなら、裏方とかでいいよ」

「……あるよ。裏方仕事。演劇は、演じる人だけのものじゃないから」

思った以上に真剣な表情で、少し面食らった。

「やるんなら、って話で、やるつもりないから」

「そっか」

それから、俺は伏見の話を聞いた。

「キャストは全員イケメンじゃなくてもいいんだよ？　そういうイメージ強いけど。脇役《わきやく》だからこそ輝く人だっているし」

とかなんとか言いながら、俺をその道に連れて行こうとする伏見だった。

「初心者多いから、気楽だと思うんだけどなー？」

ちらちらとこっちを見ながら、さりげなく布教してくる。

「わかった、わかった。考えとくよ」

「やった。ちゃんと考えといてね！」

輝きそうな表情だった。

「本気でやれば楽しいよ。絶対に」

真面目なトーンに戻った。

「まだわたしもはじめて半年くらいで、難しいし、上手《うま》くいかなくて悩むことは多いけど、その分、何か摑《つか》んだときの煌《きら》めきみたいなのは、他じゃ味わえないと思うから」

伏見がまた漫画の主人公みたいなことを言う。

きっと伏見の物語では、自分が主人公なんだろう。

俺の物語の主人公は、まだ未定。今のところ、たぶん伏見だ。


ゴールデンウィーク初日。

山奥のオートキャンプ場へと俺たちはやってきた。

「にーに、見て！　カニ、カニがいる！」

沢のそばにしゃがみこんだ茉菜が目を輝かせながら興奮気味に指を差している。

「恥ずかしいから、あんまりはしゃぐなよ」

ガキかよ。まあ、メンバーの中では一番年下なんだけど。

ちなみに、今日の最年長は、伏見パパこと経久《つねひさ》さん。その次が母さん。

さすがに子供だけで行ける場所でもなかったので、伏見家と高森家で車を出して、保護者同伴でのＢＢＱと相成った。

「茉菜ちゃん可愛《かわい》い……」

はぁ、と伏見がうっとりしていた。

どっしりと重い荷物は俺と経久さんで運び、女子連中は食材などを運んでいた。

「諒くんは、おじさんと炭で火をおこそうか」

「うす」

オートキャンプ場だけあって、水場もそばにあり道具も揃《そろ》っていた。

「茉菜ちゃん、あんたが一番戦力になるんだから、カニさんと戯れてないで、こっちおいでー」

一服を終えた母さんがカニに夢中になっている茉菜を呼ぶ。

おほん、と伏見が咳払《せきばら》いをした。

「じゃあ、お父さんと諒くんは、火きちんとおこしててね。わたし、お料理してくるから」

腕まくりしてどや顔だった。渋面をする鳥越がその肩を叩《たた》く。

「伏見さんは他のことをしてて。こっちは人数足りているから」

「そ、そう?」

カニと遊ぶことをやめた茉菜も真剣な顔でうなずいていた。

カボチャの煮物以外は生ごみに変える錬金術師だって話だもんな。

有限の食材を別の個体に変えられちゃたまらない。

「……で、篠原は座ってるだけかよ」

「私はいいのよ。タカリョーを扇《あお》ぐ役だから」

「扇ぐんなら炭のほうを……」

そばに座った篠原は、ぱたぱた、と団扇《うちわ》で風を送ってくれる。

涼しい。

気になって調理場のほうを見てみると、伏見はトングと金網を入念に洗っていた。

「小学生以来かな。姫奈《ひな》がこうして誰かと休日に遊ぶのは」

しみじみした様子で経久さんは言う。

俺とは最近もちょくちょく遊んでいたけど、俺はその『誰か』の中には入っていないらしい。

火種から燃え移った炎が、炭をオレンジ色に染めていく。

パチパチ、と乾いた音が小さく繰り返される。

「網です」

伏見が綺麗《きれい》になった金網をのせた。今日は、ファッション警察の指導の下、動きやすいアウトドアな格好をしている。キャップを被って、髪の毛を後ろで括《くく》っていた。

「眠れなかったらしいよ」

経久さんが伏見を見ながら言う。

「おまえ……遠足前の小学生じゃあるまいし……」

「ち、違うから。たまたま準備してたら遅くなっただけで……」

切り分けた食材をボウルに入れた茉菜がやってきた。

「とか馬鹿《ばか》にしてるけど、にーにもじゃん」

「俺は違うから。眠れなかったんじゃなくて、寝つきが悪かっただけだから」

「一緒だって」

くすくす、と笑って、茉菜がまた調理場に戻っていく。

「子供」

嘲笑《ちょうしょう》するような眼差《まなざ》しの篠原だった。

「うるせえな、中二病。運命の導きに従わせんぞ」

「元だから！　今はノーマルよ」

べしべし、と団扇で何度も叩かれた。

「？　……なんかいつの間にか仲良くなってる？」

不思議そうに伏見が首をかしげた。

「仲良くなったわけじゃないけどな」

「タカリョーは意地っ張りのツンデレ野郎だから素直に認められないのよね？」

「おまえな……誰がツンデレだ」

肉の準備～、肉の準備～と電車のアナウンスのように繰り返しながら、経久さんがクーラーボックスの中を確認するため席を立った。

「あのときも、素直に好きだって言ってくれればもっと長く付き合ったかもなのにぃ」

いたずらっぽい顔をしながら、つんつん、と篠原が団扇で突いてくる。

「やめろ。付き合ってねえだろ」

罰ゲームで告ったくせに。

「え？　何それ」

伏見がきょとんとした。そういえば、言ってなかったっけ。

「篠原が、中二のときに告ってきて」

「そう、なんだ」

伏見が「ちょっとトイレ」とつぶやき席を外した。

キャップの下の横顔は、少し悲しそうだった。

真顔で篠原が尋ねてくる。

「ねえ、言ってないの？」

「いちいち言わねえよ」

「あー……もう……。私も迂闊《うかつ》だった」

天を仰《あお》ぎながら篠原がこぼす。

「天におわします我らが神よ。どうかこの男がこのＢＢＱで食中毒になりますように」

「ヤメロ。何不吉なこと願ってんだ」

篠原がもぉ、とため息の塊を音と一緒に出した。

「伏見にあのことは言ってなかったけど、あれは罰ゲームで、俺がからかわれたってだけで」

「罰ゲームじゃ……ないからよ」

え？

俺が目で確認するように篠原を覗《のぞ》き込む。

こっちは見ないまま、ぱたぱた、と団扇で炭を扇いだ。

「ごめんなさい。……罰ゲームだろうっていうあなたの予想に、私が乗っかっただけ。調子を合わせてたの。本当は、違う」

「違うって……」

「私のことはいいから。伏見さん探してきて」

「でもトイレに」

「じゃないわよ」

そうだったらどうすんだよ。

困惑している俺には構わず、篠原は、「私も、仲良くなれそうな人とは仲良くしたいし、嫌われたくないのよ」と小声で言った。

「伏見さんが知っていると思って、軽率に言ってしまったことは謝るわ」

「罰ゲームじゃないんなら……じゃあ」

「う、うるさいわね。三年前の話より今でしょ」

何度も小突かれて、俺は伏見を探すためようやく立ち上がった。

とりあえず、トイレの前で待ってみたけど、伏見どころか他の利用客もおらず人けがまるでない。

どこ行ったんだ、伏見。

茉菜が大興奮していた沢を上流のほうへ辿《たど》っていくと、小さな滝が見えた。石段を下りた先にキャップ帽を被った女の子がいる。

石段を下りていくと、伏見が叫びはじめた。

「りょーくんのアホーーーーーーーーー！」

滝の音で半ばかき消されていたけど、すぐ近くにいた俺には聞こえていた。

「ちゅー、したことないって言ってたくせにーーーーーーーーーーーー！」

してないんだって。ほんとに。

「どうせ、いっぱいいっぱい、えっちなことしてたんでしょーーーーーーーーーーーー！」

誰も聞いてないと思ってこいつ、言いたい放題だな。

うぉぉぉ、と雄叫《おたけ》びを上げて、一抱えもありそうな岩を両手で摑《つか》んで滝つぼのほうへと放り投げた。

あんな細い腕にどんなパワーを宿してるんだよ。

「おーい、伏見さーん？　もしもーし」

「りょーくんの、すけ、べ…………ん？」

またしても岩を放り投げようとしていた伏見は、ポイ、とそれをあっさり捨てた。

「ど、どうしたの、諒くん」

今さら普通の顔をしたってダメだからな。俺はゴリラみたいなパワーを目の当《まあ》たりにしたんだから。

「ちょっとだけ、説明させてほしい。誤解をしてる」

「誤解？」

石段に座り、篠原とのことを話した。隣に座った伏見は、黙ってそれを聞いていた。

「……三日だけだったの？」

「そう。すぐに『無理』って言われてフラれたけど。だから……キスもしてないし、それ以上のこともちろんしてないし、手も繫《つな》いでないし、一緒に帰ったりもしてない」

「ダウト」

「はい？」

「諒くん、一回篠原さんと放課後一緒に帰ってるよ。二人きりでね。二人きりで」

唇を尖《とが》らせて、伏見は激むくれモードだった。

「うそぉん……」

「わたし、知ってるんだから」

「何で知ってるんだよ」

「たまたま見ちゃって。約束破った、と思ってショックだったから」

どんな約束だったのか、とか、俺はそんな約束をしたのか、とか、今訊くと藪《やぶ》蛇になりそうだから、ここはスルーしよう。

「まあ、ともかく。三日だけだから、親密な関係になる以前に終わったんだよ」

「そうなんだ……」

いじいじ、と足下の石ころを触っていた伏見が、聞こえるか聞こえないかくらいの小さな声でこっそりと言った。

「まだ、誰ともしてないんなら……最初のちゅーは、わたしと、してほしい……」

置いていた手に、伏見の手が重ねられた。

どっきん、と心臓が跳ねて、跳ねる間隔がどんどん短くなっていく。

どっきん。どっきん、どきんどきんどきん――。

冷たさが残った伏見の指が、熱を帯びていくのが感じられる。

唇をほんの少し尖らせる伏見は、顎《あご》を上げた。

もうあんまり覚えてないけど、小さい頃の俺は、たぶん伏見のことが好きで、簡単に約束を交わしたんだろう。はじめてキスする相手のことを。

一度ごくりと息を呑《の》む。

い、いいんだな？　いいんだな？　本当に。

「にーにー？」

声に俺たちは我に返った。シュババババッと機敏な動きで距離を取った。

このあたりの連携は、付き合いの長さがなせる業だろう。

「あ、いた！　もう、何サボってんのー？　って滝!?　滝あるじゃーん!?」

目を輝かせながら驚いている茉菜が、感嘆を上げている。

「い、行こうか」

「う、うん……」

本調子と言うには、まだぎこちない。

しばらく、伏見の顔は見られそうにない。さっきの表情が脳裏《のうり》をかすめて動悸《どうき》が激しくなるだろうから。

「姫奈ちゃんとイチャついてたんでしょー？」

ニシシと笑う茉菜に、俺は「そそそ、そんなわけねえだろ」と返した。

あれがイチャつくに入るのかわからないけど、それに近い。冗談のつもりだったんだろうけど、きっちり図星を突かれた。

「……」

茉菜が俺と伏見を何度も見比べる。

「……え、まさか外で」

「ち、違うよ、茉菜ちゃん！　わたしは、ただ、その……目にゴミが入ったから諒くんに取ってもらおうかと」

昭和のいいわけ⁉

「そうなんだ?」

お、鵜呑《うの》みにしたぞ。

「まあ、そういうことだ」

「姫奈ちゃん、それならそうだって言ってくれたら、あたし、鏡貸したのにぃ」

のほほんとしながら真っ当な対処方法提案してんじゃねえ。

「そ、それもそうだね！」

演劇を勉強中の伏見もさすがにこのときは棒読みだった。

「こんなところ、鳥ちゃんに見られたら――あ……」

「二人、見つかった?」

鳥越は少し息を切らせながら、汗だくになっていた。

「……必死じゃん。鳥ちゃんってば」

「い、いいでしょ、別に」

「心配だった?　色んな意味で」

「私、勘のいいガキは嫌い」

「とか言ってぇ」

んもう、と茉菜が鳥越を指で突く。

こっちに気づいた鳥越は、じ、と観察するような目をした。

「……」

「鳥越さん、もう準備完了?」

努めて明るく話しかけた伏見に鳥越も応じた。

「うん。もうできるみたい」

行こ行こー、と鳥越を促すように伏見は先を歩き出した。

「にーに、本当はエロいことしたんでしょ?」

「してねえって」

「慌てたせいで、社会の窓、閉め忘れてますよ?」

「開けてないから閉め忘れもしてねえんだな、これが」

社会の窓はノールック。ここに着いてから、まだトイレも行ってないし。

「もうっ、引っかかんないからつまんないっ」

「おまえの手の内なんて、こっちは昔っから知ってんだよ」

からかいたいー、と我がままをおっしゃる妹様だった。

「ちゅー、しそうだったの？」

「……勘のいいガキは嫌いだよ」

「未遂だったんだ。むふふ、実はにーにの初ちゅーの相手は、あたしですっ」

嬉《うれ》しそうにピースをした。

「まじか」

「寝てるときに、ちゅっ♡　て。むふふ」

「……いつの間に」

いや、妹はノーカンだ。何歳のときかにもよる、こっちは寝てるし。

「鳥ちゃん、すごく不安そうだったよ。ＢＢＱで男女二人がいなくなれば、イベント発生中って言ってるようなもんだし」

そういうイメージがないっていうのもあるけど、汗だくで、息を切らせるほど、必死になるところは想像がつかなかった。

戻ると、すでに金網には肉や野菜がのせられていて、ジリジリと焼かれていた。

わいわいとしゃべりながら、焼肉奉行の母さんがトングで皿に入れてくれた肉を食う。

これは、たぶんイイ肉。経久さんが奮発して買ってくれたようだった。炭火で焼かれたイイ肉は、当然のように美味《おい》しい。

隣同士になっていた鳥越と伏見の間だけ、重い空気が停滞していた。

どうしてそうなっているのか、なんとなく察しがついたのか、気を遣った篠原があれこれ二人に話を振っている。

それを見た茉菜が、ため息交じりに言った。

「もう……にーにがバカだから……」

「おい、唐突に兄をディスるのはやめろ」

しばらくすると、女子たちは早々に満腹宣言をして、買い出しのときに調達していたコンビニスイーツをクーラーボックスから出して、食べていた。

満腹じゃねえのかよ。

そのあと、俺もすぐに満腹宣言。

「あっちに滝あるんだよ。みんなで行こ」

茉菜が呼びかけ、女子三人がついていく。俺は、『みんな』には含まれてなかったらしい。

じっとしてても、ついてこいとは言われなかった。

それから、俺は母さんと経久さんのご近所さんの話を聞かされることになった。

歩いて五分少々の家だから、名字を出せばすぐにどこの誰かわかるらしかった。

それにも飽きて、俺も滝のほうへ行くと、水辺で女子二人ががっしり組み合っていた。

あれは……篠原と茉菜か。

「何してんだー？」

「すもー」と、伏見が答えてくれた。

「スモー……？」

ああ、相撲《すもう》か。

ふうん……。

いや……何でだ？？？

「ふぎゃ⁉」

潰《つぶ》されたカエルのような声を上げて、茉菜が滝つぼに放り込まれた。

けど、滝つぼは浅いらしく、すぐに顔を出した。

「しのちゃん、強っ」

「みーちゃん、眼鏡《めがね》キャラはこういうときにイジられるのが定番なんだから、落ちないと。で、眼鏡探さないと」

「嫌よ。何よ、定番って」

よくよく見ると、伏見も鳥越もびしょ濡《ぬ》れだった。あれは茉菜みたいに投げられたせいのようだ。

「じゃ次。姫奈ちゃんと鳥ちゃんね」

和《なご》やかだった空気が、一瞬静電気が走ったかのように、ピリリとした。

「鳥越さん、わたし負けないから」

「うん。いいよ。私も、負けるつもりないし」

どちらともなく動き出して、がっしりと組み合う。全然動きがないけど、二人ともかなり力を入れているのがわかった。

囃《はや》し立てていた茉菜が、それに飽きておもむろに二人に近づいた。

「長いって」

どん、と二人を茉菜が滝つぼに突き飛ばした。

「ひゃ⁉」

「わわっ」

ばしゃん、と無事落水。

ぱんぱん、と両手をはたいていると、その後ろから篠原に突き飛ばされた茉菜もまた滝つぼに落ちた。

水、冷たくないのか？

「ちょっとー！」

「篠原さん、こういうときは、自分もちょっとくらい落ちたほうが楽しいんだよ？」

「嫌よ。濡れるじゃない」

全然空気読まねえな、篠原。

「どうすんだよ、濡れたままで」

着替えも持ってきてねえのに。あーぁ。

俺も下りてみんなの様子をうかがう。

やれやれ。もうほんと、ガキなんだから。

「きっと乾くわよ。天気いいから」

「だといいけどな」

伏見と鳥越は、どこかすっきりした顔をしていた。

「……」

伏見と目が合う。そのあと鳥越と目が合う。下着が透けてやだ恥ずかしい、なんてことではなく、二人が顔を見合わせると、その視線はこっちにむけられた。

いたずらを思いついた子供みたいな……。

二人が同時に動いて、俺の左右の腕を摑んで走り出した。

まさか――。

「おい、ちょっと待――待てって!?」

「『行ってらっしゃい』」

二人に背中を思いきり突き飛ばされて、なすすべなく滝つぼに落とされた。

「ぶは!?　うわっ、冷た!?」

その様子を茉菜がケラケラと笑っていた。

篠原あたりは心配してくれるかと思ったら、こっちもくすくすと笑っている。

「おまえらな……」

「全員濡れてたら怒られないよ、たぶん」

楽しそうに伏見と鳥越が笑っていた。

「全員ってことは」

篠原に視線が集まった。

「――い、嫌よ!　そ、そういうの、何て言うか知ってる!?　イジメって言うんだから!」

「みーちゃんは大丈夫だよ。あそこに落ちても、謎《なぞ》のパワーが覚醒《かくせい》するから」

「設定が雑っ」

いやいやと首を振る篠原だったけど、三人の力には勝てず、俺のすぐそばに放り込まれた。

眼鏡の無事を確認した篠原と俺が岸に上がった。

タオルも何もないので、どうすることもできず、全員で大の字になって日向《ひな》ぼっこすることになった。

「何でこうなったんだよ」

「妹ちゃんが相撲しようなんて言うから」

「みんな、変なスイッチ入っちゃったのよね」

「いやぁ、こんなことになるとは思わないじゃーん」

もしかすると、茉菜なりの気遣いだったのかもしれない。ＢＢＱ中、ちょっと変な空気だったし。

「びしょびしょだけど、私、楽しかったよ」

「「「うん」」」

視界に入る空は真っ青《まさお》。

初夏の日差《ひざ》しは思いのほか強く、服はすぐに乾きそうだった。


日差しは暖かいとはいえ、まだ五月の頭。

それを感じさせるほど、陽《ひ》が沈むのは早く、山奥とあって気温もどんどん下がっていった。

それ用に買っていた焼きそばを余った食材で茉菜が作った。それが晩飯。

そのあとは、鳥越の要望通り花火をやった。

花火に付属している蠟燭《ろうそく》に、母さんがライターで火をつける。

「いっちば～ん」と声を上げた茉菜が、花火を灯《とも》った火にかざした。

先端から一気に光が溢《あふ》れて、薄暗い周囲を照らした。

「きれー」

無邪気な感想をこぼす茉菜の背後で、鳥越も花火に火をつける。

「ホームセンターで買った安物だけどね」

「しーちゃん、テンション下げるようなこと言わないでよ」

篠原の呆れ顔が花火で照らされていた。

「でも、そうだし」

「まあまあ。そこはほら、コスパってことで」

と、伏見が話をまとめた。

「にーにには、あたしの火、あげる」

「さんきゅ」

煙と火薬のにおい。いつか嗅《か》いだ夏のにおいだ。

火をもらった俺の花火が、黄緑色の光を噴出しはじめた。

じいっとそれを見ているだけでも、久しぶりとあってか飽きない。

粗方《あらかた》定番の花火をやり尽くすと、線香花火をみんなではじめた。

先端の橙色《だいだいいろ》の玉が、ヂヂヂと鳴り、火花を小さく散らす。

「諒くん、勝負」

「いいぞ」

隣にしゃがみこんだ伏見とじいっと線香花火を見つめる。

「何で線香花火って最後なんだろうな」

「切ないからじゃない？」

「まあ、言いたいことはわかるけど」

「終わっちゃうなーっていう心の準備をさせてくれる気がする。持ったまま走り回れないし、振り回したりもできないし」

「大人な花火だな」

「この時間に、余韻を嚙《か》みしめるんだよ、きっと」

俺の線香花火は玉がどんどん小さくなっていく。

「えい」

という伏見のかけ声で、先端の玉同士がくっついた。

「勝負なんだろ」

「わたしの負けでいいよ」

隣で線香花火を離さない伏見はえへへと笑っている。

「くっついちゃったね」

「くっついたんじゃない。くっつけたんだろ」

「細かいことはいいじゃん」

写真を撮るだの何だのと、茉菜が騒ぎ、それにつられた鳥越と篠原も線香花火を撮ろうと躍起になっていた。

風がそよぎ、ぽとん、と重なり合った線香花火が落ちる。

光に慣れていたせいで、光源がなくなると周囲が一層暗く感じた。

こよりを持った手をそっと握られた。

どうかしたのか尋ねようと首を動かすと、伏見の唇が、俺の唇に触れた。

何が起きたのか把握するのに時間がかかった。

唖然《あぜん》としたままフリーズする俺に、はにかんだような声音《こわね》でぽつりと伏見が言った。

「……しちゃった」

暗くてその表情はわからなかった。

俺が何か話そうとするよりも前に、立ち上がった伏見は踵《きびす》を返して茉菜たちのほうへと歩いていった。

「わたしも花火撮るー」

「姫奈ちゃん、見てこれ！　めっちゃ綺麗に撮れてないー⁉　ヤバくないー⁉」

はしゃぐ女子たちの声が遠くに聞こえる。

ぶつかった？　たまたま……？

「でも、しちゃった、って……」

自分の唇をもう一度触る。

ＢＢＱの前に未遂で終わったことを思い出した。

「……」

茉菜が捜しにこなかったら、たぶんしてたんだろう。

伏見からすると、もうそのときに覚悟は済ませていた、ってことなのか？

そのときは二人きりだったけど、割と近くに茉菜たちがいる。

見られてたらどうする気だったんだよ。

「……意外と、大胆だな、あいつ……」

携帯を構えてシャッターを切る伏見と他三人は、黄色い声を上げながら、花火を楽しんでいる。

「……」

すぐ間近に迫った伏見の顔と、触れた唇の感触が脳裏から離れない。

「夢に出てきそう」

ていうか、夢だったって言われたほうがまだ説得力がある。

水を汲《く》んでおいた小さなバケツに、線香花火のこよりを捨てる。

捨てられた花火の持ち手がバケツから何本も飛び出ていて、それが不格好なイソギンチャクみたいだった。

⑨ 近くて遠い

市民会館のメインホールに、俺《おれ》と鳥越《とりごえ》、篠原《しのはら》はやってきた。

この客席だと、何人くらい入るんだろう。

四〇〇人とかそれくらいか？

チケットにある指定席は、ホール中央あたりにあった。

「意外とおっきいね」

俺の隣に座る鳥越が、俺がそうしているように周囲の席を見渡しながら言った。

「市民シアターホールは、マックス四五〇人のハコで、この地域じゃ一番大きいらしいわよ」

鳥越を挟んでむこうの篠原が、手元のパンフレットを見ながら言った。

何がハコだ。知ったかぶりやがって。

「私、演劇を見るのはじめてだから、ちょっと楽しみかも」

「俺も」

伏見《ふしみ》が出るという市民劇団の公演に、俺たちはやってきていた。

チケットは手配してもらい、タダで観劇させてもらえるので、文句はなかった。

高校生は一五〇〇円で、映画一本分と考えればそれほど高い値段設定でもない。買えるけど、タダ見できるっていうんなら大人しくご招待されよう。

「こういう機会がないと、見に来ないものね」

「……なんか、俺のほうが緊張してきた」

お客さんの入りはまずまずで、開演二〇分前には八割ほど席が埋まっていた。

『わたし、出るんだ。だから、見にきて！』

そんなふうに伏見は照れくさそうに俺にチケットを渡した。

……実を言うと、もっとショボいのかと思った。

そんな市民劇団があるなんて知らなかったので、どこかの公民館とかでボランティアの演劇をひっそりと公演してるんだろうな、くらいにしか想像をしてなかった。

「子供騙《こどもだま》しじゃ、ないんだな」

「演出家が業界では結構知られている人みたいだね」

鳥越がぼそりと口にする。

演出家がちょっとだけ有名な人らしく、パンフレットに顔写真と手がけた舞台のタイトルが並んでいた。今回はその人が、脚本と演出を担当している。

演劇の舞台なんて、俺はロミオとジュリエットくらいしか知らない素人《しろうと》なので、演目を見てもどれもピンとこなかった。

俺が家で適当に過ごしている間に、伏見はこの舞台のために稽古をずっと重ねてきたんだよな……。

「あ、このおじさん、地元がこっちみたいね」

携帯でさっそく名前を検索したらしい篠原が、あれこれ情報を教えてくれる。

「伏見さん、この舞台がきっかけでスターになったりして」

「そんな都合のいい展開ねえだろ」

とは言ったものの、伏見の主人公力は強い。「持ってる」人ってこういうやつなんだろうなって感じがする。

「なくはないと思うよ。伏見さんなら」

鳥越ははっきりとした口調だった。

伏見の進路、視界ともにオールグリーン。一〇人中一〇人が振り返るような美少女が、演劇がやりたいって言って、実際こうして活動している。

「伏見は、人生イージーモードなのかな」

「どうだろうね。けど、私よりはイージーかも」

「そこ二人、何を僻《ひが》んでるのよ」

そんなことねえよ、って言おうとすると、照明がゆっくりと落ちていき、緞帳《どんちょう》が上がっていった。

現代劇とあって、細かい設定は何もない。主役の女性とその夫役らしき男性が慌てたように会話をしていく。

人を殺してしまった、と夫に相談する主人公。ワケがあり、夫はその隠ぺい工作を手伝うことに――って感じの導入部分。

社会派サスペンスっていうのか。ハッピーで明るい内容じゃなかった。

話が進むうちに、殺したのが娘だとわかっていく。

回想シーンとして、娘役の伏見が登場した。死体役ってわけじゃないらしい。

中学生らしいセーラー服とプリーツスカート。めちゃくちゃ似合っていた。

普段聞かないような品のあるよく通る声で、伏見は芝居をしていった。

俺の知らない幼馴染《おさななじみ》。

キラキラして見えるのは、スポットライトやメイクのせいだけじゃないと思う。

物語がさらに展開されていき、たまに挟まれる回想シーンで生前の娘こと伏見が登場し、謎《なぞ》がひとつひとつわかっていく――というような構成で、次第に引き込まれていった。

……ていうか、伏見の役どころって、モブどころじゃねえ。かなり重要じゃねえか。

物語の終盤、動機が判明し娘が主人公に殺され、開幕のシーンに繋《つな》がった。それが物語のラストシーンだった。

大きなオチがあるわけでもなく、大逆転劇があるわけでもないのに、殺人が腑《ふ》に落ちたっていうだけでちょっとしたカタルシスがあった。

拍手とともに幕がおり、カーテンコールで伏見たち出演者が出てきて一礼をする。

またさらに拍手が大きくなり、出演者たちは舞台裏へとはけていった。

照明が灯《とも》り、劇場内が少し明るくなった。

「……」

「……」

女子二人は、魂を抜かれたように余韻に浸っていた。

「面白《おもしろ》かったな」

言うと、うんうん、と二人は同時にうなずいた。

「半年だったっけ、伏見さん」

「らしいぞ」

演技の良し悪《あ》しはわからないけど、物語の邪魔になっていなかったから十分上手だったんだろう。

「大抜擢《ばってき》じゃない。たまたまその役に選ばれた、みたいなことを私には言っていたけれど」

誰《だれ》かが地道に歩いていく階段を、伏見は背中の翼で上へ飛んでいくんだろう。

他人にはわからない努力があったんだろうと思うことにした。

初舞台を踏む、ってわけでもなさそうだった。そうなら、チケットを渡すときに言ってそうだし。

ホールを出ていくと、伏見からメッセージが来た。

『カフェみたいなのが中にあるから、そこで待ってて』

それを二人に伝えて、言われた通り併設されているカフェで伏見を待つと、すぐにやってきた。

「ど、どうだったー？」

「伏見さん、上手。すごい」

鳥越が小学生みたいな感想を並べると、篠原も相槌《あいづち》を打った。

「物語も面白かったわよ」

「よかった」

ちら、と何も言わない俺に伏見が目線を寄こした。

両サイドに座っていた鳥越と篠原に肘で突かれる。

「あー……ええっと。俺の知らない伏見だった。カッコよかった」

「ふふ。殺されちゃうけどね」

舞台裏の話を、それからあれこれとしてくれた。

興味深そうに聞く俺たち三人と、興奮気味に語る伏見だった。

このあとは、昼休憩を挟んだのち、午後の公演に備えるのだという。

「今日は来てくれてありがとう。じゃあ、また今度ね」

笑顔で手を振りながら、伏見は去っていった。

すげーな、あいつ。大人の中に混じって堂々と芝居して。

俺は、本当にスターになるんじゃないかって気がしてきた。

そんな女の子に、俺はキスされたんだよな……。

「住む世界が違ってきそうだね。私たちとは」

ぽつりと鳥越はつぶやく。

ああ、そうかと俺は納得してしまった。

伏見のことをすげーなって思うし、尊敬もする。

でも、どこかで感じていたモヤモヤなこの気持ちは、鳥越の言葉通りだった。

小さい頃、一緒に遊んでいたあの幼馴染は、すぐに俺の知らない女の子になっていくんだろう。

⑩ 余熱

その日の夜、伏見《ふしみ》から電話がかかってきた。

部屋でだらだら過ごしているときだった。

仲間内でも伏見の芝居は好評だったらしく、先生にも褒められたと喜んでいた。

先生っていうのは、演出家のおっさんのことだ。

『めちゃくちゃぶっちゃけるんだよー、工藤先生。やりたいことが東京でできなくなったからって、地元でこっそりそれをやろうって』

ていうのが、そもそも市民劇団の舞台を実績のある演出家が手がけた理由だという。

有名企業がスポンサーだったりすると、やりたいことができないだの、あまり一般人からすると聞きたくないような裏話を聞かせてくれた。

『諒《りょう》くん、今から会えないかな』

「いいけど」

時計を見る。時間は、もう二二時を回っていた。

「俺《おれ》はいいけど、伏見は門限とかそういうの、大丈夫なのか？」

以前、あまり遅くなると、経久《つねひさ》さんに注意されると言っていた。

『うん。こっそりと出ていけば大丈夫だから』

今日はその経久さんを見なかった。もしかすると、関係者席があって、そこにいたのかもしれない。

携帯と財布だけを持って玄関にむかう。

「にーに？　どこ行くの」

風呂《ふろ》上がりでスッピンの茉菜《まな》が不思議そうにしていた。

スッピンでも全然やっていけると思うんだけどな、にーには。

「んー、ちょっとな」

「ちょっとなって何？」

「いいだろ、詮索《せんさく》すんなよ」

「ああ、姫奈《ひな》ちゃんのとこか」

さあな、と俺は適当に返事をして家を出た。何でバレたんだよ。

伏見家へ向かう途中で、伏見と出くわした。

出かけるのを目撃された手前、家には帰りにくかったので、公園に行くことにした。

「ごめんね。夜遅くに」

「まだ二二時だから、そこまで遅くないよ」

伏見のタイムスケジュールからすると、この時間はかなり遅い部類に入るんだろう。

「なんか、舞台のことを思い出すと眠れそうになくて」

この時間に寝る気だったのか、こいつ。

シーソーとブランコとベンチがふたつあるだけの公園にやってきた。

昔は大きく見えた遊具も、今となってはずいぶん小さく感じる。

「夜になると、ちょっと冷えるね」

ベンチに座ると、伏見はほんの少しだけ距離を縮めた。

再来週に迫った中間試験の話や、鳥越《とりごえ》や篠原《しのはら》の話、共通の話題はいくらでもあった。でも、すべてを共有できたわけじゃなかった。

俺が遠回りして触れなかった話題。でもきっとこの話がしたかったんだろうというのは感じていた。

「まだまだ全然だけど、お芝居は面白《おもしろ》いなって改めて思ったよ」

「そっか」

ふうん、へえ、そっか。俺から発する単語はこの三つだけだった。

「あー、ＢＢＱと花火、楽しかったなぁ。また来年行こうね」

遠い過去を思い出すように、夜空を見上げて伏見は言う。

俺の反応の鈍さに何かを察したようだった。

「……悪いな、その手の話に付き合ってやれなくて」

「ううん。聞いてくれるだけで、わたし嬉《うれ》しいから」

部活をやっている連中が、仲間同士でつるむ理由が、よくわかった。

「諒くんは楽しかった？　ＢＢＱ」

「まあな」

花火のときのことは、触れないほうがいいんだろうか。

今思えば、伏見はきっかけを探していたように感じる。

「どうかした？」

「ああ、いや、何でもない」

知らない間に伏見の唇をじっと見つめてしまっていた。

「そう？」

逆に伏見は、いつも通りだ。

意識しちゃって恥ずかしい、とかそんな反応はこれっぽっちもない。

「あ、別にわたし、慣れてないからね。言っておくけど」

「何にだよ」

「き、キス……」

「キス」

「そ、そう……。あれは、こうきたらこう、っていうシミュレーションのおかげだから」

そんなシミュレーションしてたのかよ。

「パターンLでした」

「どんだけシミュレーションしてたんだよ」

「鳥越さんたち、気づいてないよね……?」

「だといいけど」

知ってて黙っているってこともあるだろう。

いちいち本人に見たことを報告しないだろうし。

「……諒くんからは、してくれないの?」

「え?」

「——ご、ごめん何でもない」

顔をそらしながら、小声で謝った。

「今日の頑張ったご褒美として、ひとつ……というか一回……」

「あのな。そういうのは、きちんと付き合ってからするもんで……花火のときのあれも、おまえ、フライングだからな?」

「じゃあ付き合ってよ」

「じゃあ、って何だ、じゃあって」

「あれ？ でもフライングってことは、いずれスタートを切るってこと……？」

くりん、とこっちをむくと、伏見は目を輝かせた。

「揚げ足を取るなって。言葉のあやで……。俺はまだ、そういうの、よくわかんねえんだ」

「篠原さんと付き合ってたんでしょー。何を今さら」

不満げな半目だった。

「あれは……好きだったってわけじゃなくて……」

「じゃあ告白オッケーしなかったらよかったんじゃないですかぁー？ 矛盾してないですかぁ？」

くそ、正論過ぎて言い返せねえ。たしかにそうだ。

でも、嬉しかったのもたしかなんだ。

くすくす、と伏見がころっと表情を一変させた。

「ごめん。意地悪だったね」

「おまえな……」

「ちょっとくらい困らせたっていいじゃん。わたしは、全部ぜぇ〜んぶ断ってるのにさ」

今にして思えば、鋼鉄の意志と呼ばざるを得ない。

色んな先輩後輩同級生、はたまた他校の生徒、それどころか女子もたまーにいた中、そのすべてに伏見はノーを突き返している。

「俺は関係ないだろ。それは、伏見の判断だし」

「うん、そうだよ。片想《かたおも》いの相手がいたんだもん。そりゃノーだよ」

ぷらんぷらん、と足を動かして、瞳《ひとみ》を覗《のぞ》き込むようにして尋ねてきた。

「……わたしは、まだ、片想い？」

顔が近い。自然と自分の顔が赤くなるのを感じた。

距離を元に戻すようにして、俺は体を反《そ》らせた。

「ま、待てって。何で今日に限ってグイグイ来るんだよ」

「誰《だれ》もいない公園だから」

何だその理由。

「今日は、わたしのすごいところや、カッコイイところを見てもらえたから、イケると思いました」

「イケるわけねえだろ。俺は少女漫画のヒロインか」

けたけたと伏見は笑いはじめた。

諒くん、ツッコミ上手だね、と褒められた。

ありがとう、うるせえよ。

いつの間にか、あと少しで日付が変わるような時間になってしまっていた。

そろそろ帰ることにして、俺は伏見を家まで送ることにした。

隣で、つんつん、と伏見が指先で俺の手を突く。

「？」

「……」

じいっと見つめられて、何が言いたいのかわからないでいると、するりと手を繋《つな》いできた。

突いてきたのは、ちょっとした予備動作らしかった。

「嫌なら離していいよ。でも、どっちでもないなら、このままで」

そんな判断を要求してきた。その選択肢なら、嫌以外はすべて手を繋《つなぎ》ぐってことになる。

ズルイな、こいつ。

「わたし、諒くんがいてくれるなら、どこにも行かないから。ちゃんと捕まえてて」

どちらともなく、伏見家の玄関前で手をほどいた。

「伏見は、これから演劇とか舞台とかそういうので、全国区のスターになるんじゃないのか？」

「もしそんなふうに成功したとしても、帰ってくるよ、諒くんのところに。絶対」

中に入らずもじもじしているので、俺は首をかしげた。

「あのね。……ちゃんと帰ってくるんだから、わたしのこと、ちゃんと好きになってよ？」

そう言い残して、逃げるようにして家に入っていった。

◆鳥越静香《しずか》◆

別に、彼と彼女からすれば特別なことではなかったのかもしれない。

ＢＢＱのあとにやった花火のとき、暗がりの中で伏見さんが高森《たかもり》くんにキスをしたのが見えた。

最初は耳打ちだと思ったけど、距離はゼロだった。

伏見さんは高森くんのことが好き。

高森くんからすれば、伏見さんは幼馴染《おさななじみ》で、美少女で、他の女子とは一線を画す特別な存在だと思う。

だから、特別なことではないのだろう。

『特別な人って、重くない？』

ベッドに寝転んで、携帯で入力した。

だって、「普通の女子」ではないから。男女構わず注目を集める人で、学校に行けば何かしら裏で噂《うわさ》をされている。

――高森くんとは本当に付き合ってないの？

――今日も可愛《かわい》いよね。

――また告られたらしいよ。

学校のスターの一挙手一投足は、常にみんな気にしている。

もし付き合えば、高森くんだって、その監視の対象になる。そうに決まっている。

恋話のゴシップは、口さがない女子たちの格好の餌食《えじき》となるのだ。

『高森くん、特別すぎる彼女とは、「普通の恋」は、できないんじゃないの？』

入力して、全部消す。

ああ、また友達に嫉妬《しっと》。しんどい。つらい。

『早く付き合ってしまえばいい』

きっと大変だから。

「……」

地獄の鈍感具合だから、周囲のことは気にしないかもしれない。

でも、長く続くとそれはそれで困る。とても。

だって、好きな人や友達の不幸せを願うような人間に、私はきっとなってしまうだろうから。

伏見さんが、真っ直《ます》ぐでいい子だから余計に困る。

裏表がある女の敵みたいな子なら、気軽に不幸を祈れるのに。

「消そ」

また入力した文字を消していく。

一度書いて、活字になったそれを自分で読むと、気分が少し楽になる。

残しておいてもいいかもしれないけど、そうすれば、読み返したとき嫌な気分がぶり返すだろうから、やっぱり消しておいたほうが精神的に健全そうだ。

『私もキスしてみたい』

キスってどんな気分なんだろう。

あれは、何回目なんだろう。二人は、もう何度もしてるんだろうか。

「……」

知らず、自分の唇を人差し指で撫《な》でていた。

枕元《まくらもと》にあるぬいぐるみに、そっとキスしてみる。

ドキドキしないし、唇に触れた感触は、ぬいぐるみの生地でしかなかった。予想通り、何の感慨もなかった。

「あんなところでしなくても……」

天然なのか、それとも暴走してしまったのか、どっちなんだろう。

正直、高森くんの相手が伏見さんだと荷が勝ち過ぎるのではないかと思う。

『本当は、舞台、観に行きたくなかったんじゃないの?』

なんとなく、そんな気がした。

高森くんは、無理をしているふうではなかったけど、心底楽しんでいる様子でもなかった。

舞台自体はもちろんよかったのだけど。

舞台がはじまる前にみーちゃんが言っていたけど、私は嫉《ねた》んでいるのかもしれない。

伏見さんがやろうとしていること、やりたいと思ったことを実行すれば、何でも思い通りになってしまいそうだから。

唯一思い通りになっていないのは、高森くんくらいのものだ。

アクターズスクールに通っていることを突き止めたとき、高森くんは、すごく微妙そうな顔をしていた。私もほんの少しだけモヤっとしたから、気持ちはなんとなくわかる。

私は、どこに向かえばいいのかわからないから、何をしていいのかもわからないでいた。

真っ白のキャンバスに何でもいいから描いてみろと言われても困る。

視界一面、海と空だけの状況で、好きなように進んでみろと言われても困る。

みんなみんな、教科書通りの希望に満ちた高校生を演じられるわけではない。

夢がある人、そのために努力している人——そんな人は、高校生に限らずごく少数だろう。

『私ならきっと、高森くんの気持ちがわかる』

ああ、なんかイタイ女みたいなモノローグだ。

少女漫画に出てくるストーカーみたいな、ダークサイドの女子っぽい。

読んでいて恥ずかしくなったからすぐ消した。

でも、そのイタイ文章は結構本音だったりする。

だって高森くん。伏見さんは、私たちには眩《まぶ》しすぎない？

太陽は直視してはいけない。

『太陽との距離感はほどほどが一番だよ』

その距離はほとんどゼロに近い。あの様子だときっと何回もキスしている。それならもうさっさと付き合ってほしい。そしてほどほどのところで破局してほしい。高森くんにとってのはじめての女になれなくていいから。

太陽との距離感を誤った彼が、傷つき疲れたところを、私が癒《い》やす。

勝負は一回きりではないから、それでいいのだ。

打算的な考えしか出てこなくて、自分が嫌になる。

でもそれくらい、許してほしい。

毎日仲睦《むつ》まじい様子を目の当《まあ》たりにしているのだから。

むぎゅう、とぬいぐるみを抱きしめてみるけど、やっぱり生地と綿の感触だけしかしなくて、欠片《かけら》もドキドキしなかった。

11 進路調査票

中間テストが近づく頃には、俺《おれ》のクラス内での呼び方が委員長で統一されはじめた。

学級委員であって、委員長ではないんだけど、何回言ってもそれは改善されなかった。イインチョーって響きにニックネームっぽさがあったんだろう。

「委員の二人は、全員分回収して、私んとこ持ってきてねー」

担任のワカちゃんが、ひらひらと手を振って教室から出ていく。

進路希望調査票――と銘打たれた一枚の紙が、朝一番に配られたのだ。

ワカちゃんが言うには、「なんとなくでいいから、今のうちに考えといたほうがいい」らしい。

「大学は文系なのか理系なのか、公立なのか私立なのか、将来自分が何になりたいのかで決めたほうがいいんだぞーぉ？」

隣で伏見《ふしみ》がワカちゃんの口調を真似《まね》した。

結構似てるな。

「伏見は、どうするんだよ」

「わたしは、大学進学だよ。とりあえず」

「あっち系の進路じゃなくて？」

改めて確認してみた。

「それはそれ。これはこれ。大学の学業と両立できないってこともないんだよ。文武両道ってね」

ふうん、と俺は鼻を鳴らした。

前に言っていた同じ大学に通うっていう約束は、伏見の中では継続中らしい。

俺はそんな約束した覚えはないけど。

「もし、トントン拍子であれこれ決まって……連ドラとか映画に出まくるような、そんな役者になったら、どうする？」

言うと、伏見は少し考えたあと、にししと笑った。

「人気絶頂のときに辞めるの。二五歳とかそれくらいで。地元に帰って一般の人と結婚しますって言って東京から逃げるように里帰りするの」

ってていうのが、将来の展望らしい。

「もったいね」

「もったいなくないよ」

楽しげに言うと、にこにこと微笑みながら俺を覗《のぞ》き込んでくる。

「諒《りょう》くんは、どんな大人になるんだろう」

「そんなの、俺が知りたい。伏見みたいに、やりたいことなんて別にないし」

自分の言葉に、少しため息が混じった。思わず愚痴みたいにこぼしてしまった。

すると、むにっと頬《ほお》をつままれた。

「最近、この顔よくする」

「そう？」

「うん」

俺をつまんだ伏見の手を払って、授業の準備をする。

「凡人には、凡人なりの悩みってやつがあるんだよ」

「……ない人なんていないよ？」

それもそうだな、と俺はさらりと流した。

伏見の言う通りなんだけど、俺にはこの幼馴染《おさななじみ》が何かに悩んでいるってのが、まるで想像つかなかった。


昼休憩。

「鳥越《とりごえ》、進路の紙、何って書いた？」

茉菜《まな》が作ってくれた弁当を食べ終えた俺は、適当に携帯をイジりながら鳥越に尋ねた。

少し離れた席にいる鳥越は、もぐもぐと口を動かし、やがて答えてくれた。

「公立大学。適当に、地元のとことか」

「英語の小テスト一桁《けた》なのに？」

「悪いのは英語だけだから」

その点、俺はだいたい悪い。どの教科が悪いとかじゃなくて。

「でも、ほら、ワカちゃんが言ってただろ。何になりたいかで進路考えたほうがいいって」

「それは、手に職をつけるタイプの進路でしょ。美容師になりたいとか、マグロ漁船に乗りたいとか。それなら、大学じゃなくて、専門学校に行く必要があるでしょ」

漁師の専門学校ってあるのか……？

「さては、マグロ漁師の特集やってる番組この前見たな、おまえ」

「悪い？」

「俺も見た」

どうでもいい情報交換をしておく。

「鳥越は、公立大学に通ったとして、何になるの？」

「知らない。数年後の大学生になってるであろう私に訊いて」

「……だよな」

俺だって知らねえ。どんな大人になってるかなんて。それは数年後の俺に訊いてほしい。

来年は何してるのかはわかる。高三で、受験の年。まあ、周りにつられてそこそこ勉強するんだろうなっていう画がイメージできる。

でも、再来年は真っ白。たった二年先だっていうのに。

気になっていたのか、鳥越が伏見の進路について尋ねてきた。

俺は聞いたままを答えると、鳥越も俺と似たような反応をした。

途中まで話して、ふと朝のやりとりを思い出す。

人気女優さんとやらにもしなったとしたら、絶頂期でやめるって言ってたな。

へえ、と流したけど、一般の人と結婚するって、あれもしかして俺のこと……？

「……で、何？　人気出たら、伏見さんどうするの？」

「いや、ええっと……。――ほ、本人に訊いてくれ」

「どうしたの、顔赤いけど」

「何でもない」

空の弁当箱を手に、逃げるようにして物理室から出ていった。

伏見は、そんなこと考えてるのか？

「付き合ってもないのに……？」

「何ブツブツ言ってるんだ」

「うおわっ⁉」

背後からの声に飛び上がると、振り返った先にはワカちゃんがいた。

「進路調査票、集まりそう？」

「はあ、まあ、ぼちぼち……」

「ちゃちゃっと書いてくれよー？　花屋さんとかケーキ屋さんとか何でもいいから」

この先生、俺を女児だと思ってないか。

「あ、でも動画配信者とかそういうのはナシな。食えるような仕事だって言っても、それ、あれだから、三者面談とかで時間が長引く系の仕事だから」

ああ、はぁ、とふんわりと返事をしたら、意外そうな顔をされた。

「高森《たかもり》は、頭よくないのに、きちんと考えてるんだねー」

「何でわかるんですか？」

……って、今さらっとディスったな？

本当のことだからいいけど。

「答案は、悩みもせずに即決で間違った答えを書くタイプなのに、この手の話、反応が鈍いから。まあ存分に悩みたまえ、少年」

ワカちゃんは、俺の肩を何度か叩《たた》いて去っていく。

角を曲がったと思ったら、ひょい、と顔を覗かせた。

「先生のオススメは、公務員な。迷ったら、とりあえずコレ。本人が本気かどうかは別として、先生も親御さんも、それがいっちばーん安心するし、面談で揉《も》めなくて済むから」

公務員はいいぞー先生楽で助かるし、とぶっちゃけて今度こそ去っていった。

学校帰り、伏見にそれを言ってみた。

「公務員になる」

「いいじゃん」

あっさりとした返答があった。

「本当は何になりたいの？」

「何で嘘《うそ》だってわかったの？」

「何でだろう、なんとなくかな」

俺の嘘を見破ったことが嬉《うれ》しかったのか、終始ニコニコしていた。

「本当は、何にもなりたくない」

「わぁぁ……現代の闇《やみ》を垣間見《かいまみ》たよ」

あちゃーって顔だった。

「諒くんはね、諒くんになればいいんだよ」

「何だよそれ」

思わず笑いそうになった。

でも、なんか深いな。

もしかすると浅いのかもしれないけど、俺の主観では深い言葉だった。

⑫「好き」がわからない　その1

「勉強しよう」

伏見《ふしみ》がレッスンだという土曜日、朝早くから鳥越《とりごえ》がうちにやってきた。

大慌てで寝間着から普段着に着替えた俺《おれ》は、玄関口で、まだ完全に起きてない脳を必死に回転させていた。

「あの……鳥越さん、今何時だと思ってるんですか」

「そんなに早くないよ。学校に行くような時間だし」

「休みの日くらい気を遣ってくれよ」

時間はまだ朝の八時。普段なら、あと二時間くらいは寝ている。

明日勉強会をしようと提案してきたので、それを了承した。午前中に行くって言ってたから、俺はてっきり一〇時とかそれくらいかと思った。

「八時だって、午前中でしょ」

「そりゃそうだけど」

一般的な女子高生らしい私服の鳥越は、「お邪魔します」と中に入ってくる。

伏見が変なだけで、やっぱこれが普通の私服なんだよなぁ……。

「……何、ジロジロ見て」

「ああ、いや、何でもない。……茉菜《まな》が朝飯作ってくれたけど、食べる？」

「妹ちゃん、本当にお母さんみたいだね」

せっかくだからご馳走《ちそう》になる、と言う鳥越をダイニングに案内した。

「鳥ちゃん、今日は一体何を？」

茉菜の目がワクワクしていた。

「勉強会だよ。高森《たかもり》くん、頭悪いでしょ？」

「おい、ストレート過ぎんだろ」

朝一番にそんな剛速球投げてくんじゃねえ。目ぇ覚めるわ。

「そだね。にーにをよろしく。にーにって、色々と頭悪いから」

「おまえもかよ」

今日の朝食は和食。出汁《だし》巻き卵に焼き魚にご飯にたくあんに味噌《みそ》汁。

「あ。あたし、このあと出かけるから！　ママは今日は夕方くらいだし、それまで家は二人きりだよ」

「そんなあからさまに言わなくても」

鳥越がたくあんをポリっと鳴らしぽつりと言った。

「にーにに言っても、なーんにも察してくんないんだもん」

「あぁ、たしかに」

何の話だ。

朝食を食べ終えて、二階の俺の部屋へ鳥越を案内する。

そういや、伏見と茉菜以外でこの部屋に入るのは鳥越がはじめてだ。

ちゃんと片付けたよな……？

座布団をローテーブルの前に出して、そこに座ってもらう。

「伏見なしで勉強になるのか？」

これが昨日鳥越とやりとりをして一番疑問だったことだった。

「大丈夫。何すればいいか訊いてきたから」

鳥越が証拠を出すように、携帯の画面を見せてくれる。

鳥越と俺がやる教科とその内容を個別に伏見が指示していた。

「げ」

「まずは三〇分ね」

この人、ガチだ……。

俺もそっちのテーブルで勉強をしようと準備していると、

「自分の勉強机でやればいいよ。そっちのほうが集中できるでしょ」

この人、ガチで勉強しにきてる……。

逆に伏見は、俺が自分の勉強机でやろうとすると怒る。

鳥越が伏見の指示を俺に伝え、俺はその通りに問題集をやることにした。

「「……」」

こんな状態なら、別に俺の家来なくてもよくない？

ちらっと鳥越を盗み見ると、俺と同じ問題集を解いていた。

カリカリ、とシャーペンの静かな音だけが部屋に響く。

「……伏見さんは、よくこの部屋に来るの？」

「え？　ああ、まあ、たまに」

カリカリカリ、ポキ。

「ふうん……」

「何だよ」

「付き合わない理由って、何かあるの？」

「へ？」

「ごめん。何でもない」

たしかめようと訊き返したけど、付き合わない理由って言ったよな？

伏見とのことだろうというのは、さすがに俺でもわかった。

鳥越みたいな第三者からすると、付き合わない理由より、付き合う理由のほうが多いように映るんだろう。

付き合わない理由……付き合わない理由……。付き合わない理由かぁ……。

『好き』が何なのかよくわからん、っていうのが一番大きい。

高二にもなって、まだわからないのかって思うけど、実際そうなんだから仕方ない。

そんなことを考えているうちに、三〇分が経過したらしく、鳥越がセットしていたタイマーが鳴った。

「休憩」

改まったように、俺は体を鳥越にむけた。

「……なあ」

「何？」

「鳥越は、俺のことを好きだって言ってくれただろ」

「……う、うん……………な、何、いきなり」

顔を伏せながら、ちらりとこっちに目線を寄こした。

お？　なんか照れてるぞ。

「それって、どういう気持ち？」

「え」

「ほら、漫画とかで『キュン』って擬音が出たりするだろ」

リアルでも、そんな音が出てくれれば、これがそうなんだってわかる。でもそんな音はたぶん出ない。

シコシコって擬音も現実では出ない。何で断言できるのかっていえば、そんな音が出ないことを経験として知っているからだ。

「……そんなこと、私に訊かないで……」

「篠原《しのはら》に訊いたらわかるかな」

「みーちゃんは、高森くんの何を好きになったんだろう」

「鳥越さん、でっかいブーメラン投げてますよ」

「……」

不思議だった。

鳥越はそんなに恋愛に興味がありそうなタイプでもない。それなのに、俺のことが好きだってどこかで実感して、告白までしてくれた。

「未知のエネルギーなのか?」

どちらかと言えば物静かな鳥越を、あそこまでさせた原動力。

「何のこと?」

「『好き』って気持ちは、パワーがあるんだなって」

「漫画に影響された頭悪い女子みたいな寒いセリフ、言わないでもらえる？」

「今日はキレキレだな、鳥越の速球」

鳥越は正座を崩して、カラーボックスの中にある漫画を手に取った。

「このタイトルも……こっちのも……」

「何？」

「伏見さんが読んだことがある漫画って、もしかして」

「たぶん、俺が貸したやつだな。それ以外で読んでる作品を聞いたことがないし」

「……」

何も言わず、ただじっと手にした漫画を見つめる鳥越。

「私の……私のオススメ小説、渡したらまた読んでくれる？」

以前一度オススメされた薄い文庫本を渡されて読んでみたけど、正直よくわからなかった。

「小説？　あー……。BがLしないやつならダイジョブ。どんとこい」

鳥越はくすくす、と控えめに笑った。

「心配しないで。素養がなさそうな人には勧めたりしないから」

「な、ならよかった」

「今度持ってくる。読んで」

「ああ、うん」

小説好きな鳥越がそこまで推したい作品なら、興味がある。

鳥越もどこか嬉《うれ》しそうだった。

「小説、読まない人なのかと思った」

「漫画のほうが多いってだけだ」

どんなジャンルが好きなのか、ハッピーエンドなのかバッドエンドなのか、俺の趣味を根掘り葉掘り訊かれた。

「……私も、何か貸して」

「少年漫画しかないけど、それでもいいなら」

席を立って、漫画が詰め込まれたカラーボックスの中を漁《あさ》っていく。作品のジャンルを口で説明しながら、いくつか候補を挙げた。

「これは――？」

「あっ、それ――」

無造作に置いた漫画を鳥越が開いた。

ヤバイ。

「……っ」

カバーを別のと変えているやつで、中はただのエロ漫画だ。

「――ば。……ば、ばか……」

慌てて閉じた鳥越が押しつけるように渡してきた。

「わ、悪い……その……悪い……」

耐性があるのかと思ったけど、そうじゃないらしく、うつむいたまま顔を赤くしていた。

……き、気まずい。ものすごく。

伏見だったら、騒ぐだけ騒ぐから、まだ対処のしようがあるんだけど。

「わ、わかってたから。男子が、こういうの読むっていうのは。ただ、ちょっと私の想像を超して激しかったから」

数秒だったのにちゃんと目を通してらっしゃる。

「伏見さんとは、そういうことも、するの？」

「は？　す、するわけねえだろ」

「そうなんだ。キスはするのに？」

「え」

何でもない、と言って、鳥越はシャーペンを握った。

「私に貸してくれる漫画、選んでおいて」

「あ、ああ……」

見られてた……？

別に何もマズくはないはずだった。

俺が鳥越と付き合っていて、伏見とキスをしたわけでもない。必死こいて言いわけをする必要はなかった。

……でも。

「何でもない」と小声で言ったその横顔は、どこか傷ついていたように見える。

何と声をかけていいかわからなかった。

罪悪感と呼ぶには重く、バツが悪いと呼ぶには少し軽い——そんな気持ちを俺はしばらく持て余した。

⑬ 他人のは敏感、自分に向けられる感情にはすこぶる鈍感

「諒《りょう》くん、鳥越《とりごえ》さんと何かあった？」

中間テストが数日後に迫った放課後。

鳥越と俺《おれ》と伏見《ふしみ》の三人で勉強をしたあとの帰り道だった。

「何かって、何？」

「それはわからないけど」

ピン、ときたのは、この前我が家でやった勉強会のとき、鳥越がふっと見せたあの表情だった。

悪いことは何もしてないけど、どこか悪い気がしていた。意識してなかったけど、鳥越に気を遣って距離を取っていたのかもしれない。

何でもない、と俺は伏見に言っておいた。

見てはいけない鳥越の素顔を盗み見てしまったようなそんな気分と、あの表情をさせたことに対して、後ろめたさが少しあった。

鳥越が宣言通り持ってきてくれた小説も、なんとなく読み進められずにいる。タイトルを伏

見に教えると「鳥越さんらしい良きチョイス」とのことだった。

「……その作品でいいなら、わたしも貸してあげられるのに」

唇を尖《とが》らせながら、小声でそう言った。


中間テストが無事に終わり、俺たち三人は放課後、ファミレスにいた。すぐ篠原《しのはら》も合流し、適当に近況を話していると、伏見が切り出した。

「テスト・テスト勉強、その期間の過ごし方を含めた反省会をします」

テーブルの上で両手を組んで、どどん、と宣言した。

「「「…………」」」

こいつマジか、っていう顔で、伏見以外の三人は視線を交わす。

「……解放感の余韻をちょっとくらい楽しませてくれよ」

「伏見さん、まだ答案も返ってきてないし、反省会はそれからでもよくない？」

「てか、まず注文でしょ」

篠原のうんざりしたように言ったひと言で、それもそうだとメニューを見はじめた。

「諒くん、全体を通してどうでしたか？」

「まあ、いつも通りって感じだな」

「タカリョーの『いつも通り』ってかなりヤバイんじゃ……」

篠原の学校も中間テストが終わったらしい。わざわざ俺たちの勉強会に顔を出さなくちゃいけないほど、頭が悪いイメージはなかった。むしろ成績はよかったような？

「いつも通りじゃダメなんだよ、諒くん……」

「おい伏見、可哀想《かわいそう》なものを見る目をやめろ」

ドリンクバーと適当な一品メニューをそれぞれ注文して、テストの話やその内容、まったく関係ないドラマの話など、話題は多岐にわたった。

「タカリョー、何か飲み物入れてこようか？」

「あー。自分で行くよ。ありがとう」

空になったコップを持って、俺たちは席を立つ。

「女子は、色んなこと話すなぁ……」

「仲良くなれば、それこそ色々話すのよ」

カラコロ、とトングで氷を入れる篠原に、この前思った疑問をぶつけた。

「篠原って、罰ゲームで告ったわけじゃないんだよな」

「そう言ったと思うけれど？　何、改まって」

「俺の何がよかったの？」

「えっ」

「いや……聞いたことなかったし」

三日のお付き合いだったので、訊くタイミングがなかったのだ。

「それはぁ……ええと……」

コロン、コロン、とコップに氷を入れ続ける篠原。

もうパンパンだぞ、手元見ろ。

「ヤンキーに絡《から》まれているところを助けたわけでもないし、角でぶつかったわけでもないし、何かきっかけってあったのかなって」

「……終わった話だから、今言わなくったっていいでしょ」

つん、と顔を背《そむ》けた。

まあ、そうだけど。

好きってのが何なのかわからないから、参考になるかもって思ったんだけどな。

「あれぇー？　シノじゃんー」

声に振り返ると、隣のクラスの秋山がいた。俺や篠原と中学が同じ女子だ。

ドリンクバー用のコップを持っていて、俺たちとは離れたテーブルに友達の女子二人がいた。

久しぶり、元気にしてた？　雰囲気変わった？　などなど、数ターンのやりとりがあった。

中学の頃、仲良かったイメージはないけど、この様子だとそこそこ会話くらいはする相手らしい。

「でさ、今でもアレやってるの？」

秋山が口元だけを笑みの形にした。

「アレだよ、アレ。運命がどうのこうのーってやつ」

軽いノリでしゃべっているけど、ほんの少しの嘲笑《ちょうしょう》を感じた。

「今はやってないわよ」

笑顔を硬くした篠原がどうにかそれだけを返した。

「それがバレたくないから聖女に進学したんでしょ？」

「……違うから」

「えーっ。嘘《うそ》ぉー？」

もし仲が良ければ、ちょっとしたイジりだけど、篠原の雰囲気からしてそうじゃなさそうだ。

秋山はイジりのつもりなのかもしれないけど。

俺は、まだ何か言いそうだった秋山を遮《さえぎ》った。

「本人が違うって言ってるんだからそれでいいだろ？」

「でもみんなそう言ってて――」

「こいつは、頭いいから聖女行ったんだよ。それだけだって。面白《おもしろ》おかしい理由がなくて残念だったな」

言い切ると、反論できなくなったのか秋山は口をつぐんだ。

悪い空気の中、ジュースをサーバーで入れて、その場を離れる。

席への途中、篠原がおもむろに話しかけてきた。

「……そういうところよ」

「何が？」

「さっきの話」

「聖女に進学したのがどうこうって話？」

「あ、あれは、逃げたとかじゃないし、高校デビュー狙《ねら》ってたとかじゃないし、あの、その」

「いいって。高校デビューしたかったでも、中二病をやめたかったとかでも、理由なんて何でも」

「だから違うって言ってるじゃない」

「わかった、わかった。ムキになんなよ」

この話題だけ熱くなるあたり、やっぱり怪しい。

「タカリョーのああいうところが……中二の私にとっては『絡んできたヤンキーから助けた』だし、『角でぶつかった』に該当したのよ」

だから、そんなことは一度もやってないって話をしたのに。

頭いいやつは何言ってるのかさっぱりわかんねえな。

⑭ 「好き」がわからない その2

「具体的にどういうあれなの？」

『もう、面倒くさいわね……』

伏見《ふしみ》主催の中間テスト反省会が終わり、帰宅したその夜、俺《おれ》は篠原《しのはら》を質問責めにしていた。

受話器の向こうでうんざりしたような顔が思い浮かんだけど、構わずに続けた。

「中二の修学旅行で班が一緒だっただろ。そのとき？」

『忘れた』

「頼むよ。教えてくれよ」

俺は、篠原にどうして俺のことが好きになったのか、それを尋ねていた。

諦《あきら》めたようなため息が聞こえて、口を開いた。

『きっかけは……うん、そうね、修学旅行かしら。班別で行動するとき、班の他の人たちは歩くペースが速くて、全然追いつけなかったんだけど、そんなとき、タカリョーだけが私を待っててくれて……』

そんなこと、あったっけ。

「え、それだけ?」

『き、きっかけよ、きっかけ! ただのきっかけ! ………それで、その、ちょっとずつ意識するようになって……』

「それだけで意識するようになるの?」

『いいでしょ、そこは! 人それぞれなのよ! ――てか、せめて第三者にこういうことは訊きなさいよ……。恥ずかしくて死にそう』

「俺も」

『この男は……』

そんなことを言われても、ざっくばらんにこの手の話ができるのは、篠原以外に思いつかなかったんだから仕方ないだろう。

それに、どうして告られたのか、その謎《なぞ》がわかったから、これはこれで意味のあることだった。

『伏見さんやしーちゃんのことを、意識するとか、そういうのはないわけ? 友達としてじゃなくて、女の子としてよ?』

一番意識したのは、キスされたとき。でも、篠原に言うのはやめておこう。

されたとはいえ、順序が違うから。

「なくはないけど……」

『ちなみに、しーちゃんと伏見さん、どっちを？』

なんか、ぐいっと食いついてきたな。

「どっちもかな。二人きりのときは気を遣わなくてもいいし、どっちも楽しいし」

『ドキドキは……⁉ 胸が高鳴ることは？』

って言われると、どっちもノーかもしれない。

『その日、顔が見られただけでハッピーになったり、挨拶《あいさつ》できただけでその日一日無敵になれそう、みたいな気分は？』

「なんだそれ」

はぁぁぁぁ……。とデカいため息をつかれた。

『孤独死なさい』

「こら。待て」

何で死の宣告を受けないといけねえんだよ。

「なあ、俺って変？」

『病気よ、病気。中二病より、タチが悪いやつよ。タカリョー、初恋まだなの？』

呆《あき》れたように篠原は言う。

『好き』がわからないって、そんな変なことなのか？

クラスの男子の何人かは、彼女がいるやつもいる。本人から聞いたわけじゃないけど、噂《うわさ》で耳に入る。

でも俺は、それをあまり羨《うらや》ましいとは思わない。

性欲はあるから、セックスに興味くらいはあるけど、それで相手のことが好きになるってこともないように思う。裸を見て決めるわけでもないだろうし。

「篠原は俺が初恋だったりして」

『残念でした。幼稚園の頃よ』

そりゃまた早いな。

『女子のほうが、この手の感情に芽生えるのが早いからだと思うけれど、それにしてもタカリョーは遅いと思うわ』

「だからこうして相談してるんだろ」

ううううん、と篠原が唸《うな》る。

『こういうことは、女子の私が言うことじゃないんでしょうけれど……。――ひ、一人で、し、シてるとき、伏見さんのこととか思い浮かべたり、するの……？』

「はぁ？」

いきなり何を言い出すんだ、こいつ。

『だ、男子はどうせそういう部分でしか判断できないんでしょ？』

チ○チ○で考えろってことか？

「俺は、実在の誰《だれ》かを思い浮かべたことはないぞ」

『す、するのはするのね……』

「まあ、そりゃ」

ふ、ふうん、と篠原は答える。

『………』

「おまえ、俺で変なこと想像してないか？」

『し、してないわよ！　た、タカリョーも男子なんだなって、思っただけで……』

おほん、とわざとらしい咳払《せきばら》いをした。

『じゃ、じゃあ、質問を変えるわ。裸を見たいならどっち？』

「おまえ、すげーこと訊いてくるな」

『二択でなくてもいいわよ』

「何堂々としてんだよ」

裸って……。

『あなたがわからないって言うから、アプローチを変えてあげているのよ。感謝なさい。これでも、私、今顔真《ま》っ赤《か》なんだから……』

「そうだったな。付き合わせちまって悪いな。ありがとう」

『しおらしくお礼を言って、話題そらそうとしてもダメよ？』

何でバレたんだよ。

そんで、話がズレはじめている気がするぞ、篠原。

『好き』がわからないっていう相談から、どっちが好きかっていう方向にシフトしている。

『しーちゃんは、結構出るとこ出てるタイプね、あの感じだと』

「……」

鳥越《とりごえ》が？

『何想像してるのよ』

「おまえがそういうこと言うから……」

『タカリョーは、隠れ巨乳好き、っと……』

「メモんな」

本当にメモってるかどうかは電話越しだとわからないけど。

……………え？　隠れ巨乳？？

伏見はというと、正面から見ると平ら。横から見ると綺麗《きれい》な直線。曲線はゼロ。

伏見の裸は小さい頃に何度か見た。

大人になったそれとはまた別だろうけど、今さら見たいかって言われると答えはノーだ。

「あれ、ちょっと待て……？」

我が家の小さな庭で、ビニールプールに水を入れて遊んだことが何度かあった。

あのとき、他に誰かいたような……。ああ、茉菜《まな》か？

『少女漫画で勉強すればいいわ。好きなんて感情、勘違いや思い込みが大半なんだから』

ここにきて、めちゃくちゃぶっちゃけられた。

持ってないなら貸してあげるわ、と篠原にあれこれ勧められ、とくにオススメされた一作を借りることにした。

「漫画でわかりゃ、苦労しねえと思うけどなぁ」

少女漫画は読んだことないから、そういった点はまた違うんだろうか。

「にーに……誰と話してるの？」

こそっと茉菜が部屋を覗《のぞ》いていた。

「ああ、篠原と、ちょっとな」

「あ、親方とか」

親方って。

まあ、どうしてそんな呼ばれ方してるのか、おおよそ想像がつく。

茉菜は……母さんが言うように、おっぱいが大きい。

中三のくせに、なんという発育か。

「にーにが、あたしのおっぱいを凝視してる……！」

「わかるの？」

「わかるー。さわってみる？」

「みねえ」

ついでに、茉菜《まな》にも訊いてみることにした。

「茉菜の『好き』って何？」

「あたしの『好き』？」

ううーん、と首を捻《ひね》ると、ややあって口を開いた。

「その人のことを、自分よりも大切に思うこと――かな？」

てへへ、と照れくさそうに教えてくれた。

「ああ、なるほど」

「お、おやすみっ」

恥ずかしくなったのか、逃げるように茉菜は去っていった。

親方の一〇倍くらい参考になった。

⑮ 許容範囲が広い彼女たち

「どうだった？」

昼休憩の物理室で、鳥越《とりごえ》が話しかけてきた。

「どうだったって、何が」

「貸した小説」

そういや、借りたままだ一ページも開いてねえ。

「まだ読んでなくて……悪ぃ」

「そっか。好みに合わなさそうなら、言って。また別のやつ、貸すから」

「うん、ありがとう」

離れて座る鳥越のほうをちらっと見る。

「……どうかした？」

「あ、いや、何でもない」

『しーちゃんは、結構出るとこ出てるタイプね』

この前篠原《しのはら》が言ったあの言葉が、頭から離れない。

そうか……？　そうなのか？　首をかしげながら、ちらっとまた見る。

そんなふうには全然見えない。

篠原の女子視点なら、そうだと判断できる何かがあるんだろうか。

親方曰《いわ》く、『隠れ』らしいので、ぱっと見じゃわかりにくいのかもしれない。

「さっきから、何？　言いたいことがあるなら、聞くけど」

「ああ、いや、何でもない。気にしないでくれ」

「？」

訝《いぶか》しげに眉《まゆ》を寄せる鳥越。

俺《おれ》が貸した漫画の話になり、あれこれと質問をしてくる。

ネタバレにならないように、話していると、あのキャラが好き、このキャラがどうだ、と自然と話が盛り上がった。

「どうして敵にいる女キャラはおっぱい大きいんだろうね」

「えっ、おっぱ……、――え？」

「……何をそんなに動揺してるの。あるあるじゃないの？」

また見ているのがバレたのかと思った。

でもそうじゃないらしい。

ほっと俺は胸を撫《な》で下ろした。

篠原のせいだ。

あいつが……俺に呪《のろ》いをかけやがった。

『隠れ巨乳』とかいう強ワードを使って、自然と俺の意識を鳥越の胸元《むなもと》にいくように操作したんだ。

「ええっと、あるあるだよな。敵の女キャラ。セクシー系が多いっていうのは」

「フィギュアになったら、すごそう」

うんうん、絶対やばい。と鳥越は自分の発言にうなずく。

「高森《たかもり》くんも、大きいほうがいい？」

「えっ、何の話」

「流れでわかるでしょ。おっぱい」

思わずまた胸元に視線が――。

ぶるぶる、と頭を振って視線をそらした。

「どっちかなら、大きいほうが、いい、かな？」

「そうなんだ」

無表情の鳥越だけど、机の下で小さくガッツポーズしているのがわかった。

隠れてしてるつもりだろうけど、それ、きちんとこっちから見えてるからな？

「そうなんだ。ふうん」

クール気取りの鳥越は、「高森くん、大きいほうが好きなんだ」と確認するように何度も繰り返した。

そんなに繰り返すってことは、やっぱり……？

でも、制服着てると、全然そんなふうに見えねえぞ。どうなってんだ、鳥越のおっぱいは。

「も、もういいだろ、この話は」

何だか妙に恥ずかしくなって、無理やり話題を変えることにした。

「じゃ逆に、鳥越はフェチみたいなのあるの？」

「声」

回答早っ。

恥ずかしげも何もなく、むしろそれを誇っているかのような表情だった。

「声優の、ヨシヨシみたいなのがいい」

誰《だれ》だヨシヨシって。ニックネームか？

「えらく具体的だな」

てことは、俺はそのフェチを刺激したことになるのか？

「高森くんは、違うよ。フェチとその人が好きっていうのは、また別っていうか」

「じゃあ俺もそうかな」

「ふうん、そうなんだ」

さっきまでと違う、低い声だった。

「高森くん、ずっと私の胸見てるでしょ」

「えっ。見て、ません……」

「いや、わかるから」

マジか。茉菜《まな》もわかるって言ってたな。

ギャルだけの固有能力じゃないのか。

「私は別に構わないけど……」

構わないのか？

と言いつつ、鳥越は頬《ほお》を染めていた。

「でも、恥ずかしいから、やめて、ほしい……」

「すみません」

「これ、立派なセクハラだから」

「本当にすみません」

「おっぱい星人」

「ぐふっ、言い返せねえ……」

ふふふ、と吐息のような笑い声を漏《も》らした。

「そんなふうに見られたの、たぶんはじめてだから……」

はじめてだから……？

言葉の続きを待っていると、荷物を持って鳥越が席を立った。

「何だよ、途中で」

「高森くんに、そんなふうに見られたことなかったから……ちょ、ちょっとだけ……嬉《うれ》しかったってだけ」

小声で言って、顔を赤くしながら物理室を出ていった。

「嬉しいのか？」

セクハラなのに？

鳥越は、ヘンタイなのか？

見過ぎてしまったことは、俺も大いに反省するところだ。

篠原が言っていた『女の子として意識する』っていうそれは、もう十分しているのかもしれない。たぶん、告白されたあの日から。

授業がはじまる五分前に教室へ戻った。


「なあ、伏見《ふしみ》、次の授業何？」

「知りません」

……あれ？　なんか機嫌悪い？

そんな様子が、放課後まで続いた。

ご機嫌斜めだから、俺の学級日誌を書くのも待たずに帰るのかと思いきや、きちんと隣で待っててくれた。

けど、何もしゃべらないので、空気が重い。

「帰ってもいいのに」

「待ってるのに、帰れなんて酷《ひど》くないですか」

何で敬語なんだよ。

「なんか俺悪いことした？　そうだったら謝るよ」

「してないけど、した」

「ナゾナゾ出すんじゃねえ。具体的には？　何のこと？」

「鳥越さんに、セクハラしたでしょ」

何で知ってんだ。

「『伏見さんも気をつけて』って」

通報されてる⁉

しかも一番面倒くさそうな人に！

「わたしには、全然そんなことないのに」

それで機嫌が悪かったのか。

てか、その言い方だと、してほしいみたいに聞こえるぞ。

そりゃ……まあ、ねえ……。

見ごたえがないというか、隠そうとしても隠すものがないというか。

鳥越のは、見ていてドキドキするけど、伏見のは、安心感がある。

見慣れている体型だし、きっとこれからもそうなんだろうなっていう、抜群の安定感だ。

「おっぱいはダメだよ、諒《りょう》くん。おっぱいは。人を惑わせるから」

真剣な顔だった。じいっと見つめられると照れてくる。

「わ、わかった、わかった。今後気をつけるよ」

「……諒くん、わたしは成長期なだけだから」

「まだ何も言ってねえよ」

苦笑いしながら、学級日誌の続きを書く。

「自分で言うのもあれだけど、脚だって細いし。ほら、見て」

こっちにむけて、ご自慢の美脚を伸ばした。

「やめろ。その角度だとパンツ見えそうになるから」

「ふぎゃあ⁉」

変な声を上げて、伏見はスカートの裾《すそ》を押さえた。

「えちえちえち、諒くんのえっち」

「子供か、おまえは」

呆《あき》れたように言うと、伏見はけらけらと笑った。

「……諒くんになら、ちょっとくらいセーフだもん……」

⑯ 動画を撮ってみよう

中間テストが終わった最初の週末。

昼前に起きてだらだらとテレビを見ながら、朝食兼昼食を食べて、適当にゲームをする
――そんな平々凡々な一日が過ごせると思ったら、そうじゃなかった。

「にーにー？　姫奈《ひな》ちゃん来てるー」

「んあ……」

声に起きると、部屋の中に茉菜《まな》が顔を出していた。

枕元《まくらもと》の携帯を見ると、まだ朝の八時。

その画面には、メッセージと着信がそれぞれ三件ずつ入っていた。

どれも伏見《ふしみ》から。

「何……」

「わかんないけど、遊びにきたんでしょ？」

鳥越《とりごえ》もだけど、八時に来るなよ……。

「上げちゃっていいっしょ？　てか、もう後ろいるし」

「ああ、そう……」

起床五分以内に情報を畳みかけられると、処理が追いつかねえ……。

「諒《りょう》くん、おはよっ」

ひょこ、と茉菜の隣から伏見が顔を出した。

「ふふふ。めっちゃ寝起き」

「寝起きのにーに、可愛《かわい》いでしょ」

「うん。だね」

寝起きをイジられるのも癪《しゃく》なので、俺《おれ》はベッドから抜け出して、床に座る。

「何、こんな朝早くから」

「ええっと、別に、そんな、これといって用はないんだけど」

あはは、と苦笑いしながら頬《ほお》をかく伏見。

「まあいいか。鳥越が来るって言ってたし」

ちょうどいいや。

「あー……だから姫奈ちゃん朝イチで来たの」

「しーっ、しーっ」

なるほど、と目が笑っている茉菜がうむうむとうなずいていた。

「知らない間に二人きりで遊ぶ約束してるんだもん……」

鳥越は友達だから、その輪に伏見も入りたかったんだろうなー。

自分の知らないところで、友達同士が仲良くなってるのって、ちょっと引っかかるっていうか。うん、俺にもその気持ちはわかるぞ、伏見。

「にーには、絶対わかってないと思う。そんな顔してる」

「伏見はレッスンとかで忙しいかなって思ったんだよ。それに、わざわざ言うことでもないだろう」

「まあ、そうだけど」

「姫奈ちゃんって、束縛系？」

「もう、違うってば」

「死ぬほど鈍感でおバカなにーにだけど、それが愛《いと》しいんだよねぇ。手のかかる子ほど可愛いっていうか」

妹が母目線で俺を見てる……。

そんじゃあごゆっくりー、と茉菜は伏見を部屋に押し込んで扉を閉めた。

「服、着替えるから」

「あっ。ご、ごめんね。目つむっておくからっ」

ぎゅううう、と力一杯目蓋《まぶた》を閉じた。まさしく(>_<)（こんな顔）だった。

茉菜からメッセージが届く。朝食を部屋まで持ってきてくれるらしく、タイミングを教えてほしいと言っていた。

　着替える片手間にその返事を送っておいた。

「もういいよ」と、俺はギチギチに目をつむった伏見に声をかける。

　別に俺は見られても構わないんだけど、伏見はそうじゃなかったんだろう。

「目を閉じてると、音だけが聞こえるから、変にドキドキするね……」

「俺の裸くらい、何回も見てるだろ」

「そうだけど……」

　篠原《しのはら》が言っていた、どっちの裸なら見たい？　って質問が、ふと脳裏《のうり》をよぎった。

「でも、それはちっちゃい頃のことでしょ？　高校生になった今とは全然違うだろうし」

「……」

　伏見も、ぺったんこだけど、それなりに違いがあるんだろうか。

「どうかした？」

「ああ、いや、何でもない」

　篠原のせいで、セクシャルな部分を意識するようになっちまったじゃねえか。

「今日はレッスンないの？」

「今日は夕方からだから、それまでは自由」

　ブイブイ、とピースをしてくる伏見。いい笑顔だった。

茉菜が運んでくれた朝食を食べながら、芝居の話を少し聞いた。

「ドラマや映画だけじゃなくって、小説も読んだほうが表現の引き出し増えるからって、勧められて」

それが小説を読むようになったきっかけらしい。

これまで読書家のイメージはまったくなかったから、最近趣味になったのであればそれも納得だった。

「諒くんは、何してるときが楽しい？」

「とりあえずゲームしてるときだったり、漫画読んだりしてるときかな……」

「何をやりたいかなんて、そういうところから考えればいいんだよ。諒くん」

「そう、だな」

口では同意したけど、やっぱり引っかかった。

好きだからって、その仕事に就けるとは限らないだろう。

それって、主人公力が高い伏見ならではの発想なんじゃないか。

こんな思考回路をしてる俺は、卑屈なんだろうか。

俺みたいに考えるほうが、どっちかっていうと普通のような気がする。

次は、伏見おすすめの映画の話になった。

あの監督がどうの、この女優がどうだ、とか、ずっとしゃべりっぱなし。

好きな物のことだと饒舌になるのは、万人の共通点らしい。

「お邪魔します」

外から声がすると、鳥越がこそっと扉を開けて中を確かめるように、部屋に頭を入れた。

今気づいたけど、鳥越の「着いた」っていうメッセージと茉菜からの「鳥ちゃん上に案内するねー?」っていうメッセージをいつの間にか受信していた。

「声が聞こえると思ったら……伏見さん、いるんだ」

「鳥越さん、おはよう」

「……うん……おはよう」

「「……」」

時間が止まったみたいに、伏見と鳥越が目線で何か会話をしている。

なんだ、この空気。

「いらっしゃい。中、入れば?」

「うん。そうする」

とことこ、とやってきた鳥越が、伏見と同じようにベッドに腰かけた。

ちら、とお互い見遣《や》って、また押し黙る。

……何なんだ、この感じ。

そもそも鳥越がうちにやってくるっていう話だったけど、とくに何かをしようってわけじゃなかった。伏見は来ること自体イレギュラーだったし。

困った俺は、最近ハマっている少年漫画を布教することにした。

ふむふむ、と熱心に俺のプレゼンを聞いた二人は、さっそくコミックスの一巻を二人で読みはじめた。

仲いいな。

その間俺は暇なので、前々から茉菜に頼まれていた動画の編集をすることにした。

「諒くんは何してるの？」

「スマホゲーム？」

二人の質問に、手元の携帯から目を離さずに答えた。

「茉菜が、ＳＮＳに動画上げたいって言って。この前の花火のやつ。でもあいつ、そういうの苦手だから、俺が素材の動画を切《き》り貼《は》りして上手《うま》い具合に繋《つな》げてる」

「「へぇ、そうなんだ」」

仲いいな。

スマホは、俺みたいな一般人《パンピー》からすりゃ、パソコンみたいなもんだった。

ちょっと探せば、専用のアプリなんていくつもあるし、専門的な知識も作業も必要ない。そりゃ、プロの配信者からすればママゴトみたいなもんかもしれないし、手間だったり時間がかかったりもするんだろうけど、それらを使えば、簡単な動画ひとつくらいは作れた。

「ま、こんなもんかな」

三〇分ほど試行錯誤して、ＢＢＱのときの花火動画ができた。

「諒くん、見せて」

「私も見たい」

「いいけど、そんな大したもんじゃないぞ？」

「「いいから」」

二人が俺の手元を覗《のぞ》き込むと、茉菜に送る用のファイルを再生した。

素材の動画は四本。そのいいところをそれぞれ切り取って二〇秒くらいにまとめた。

見やすいようにフィルターをかけたり、茉菜が好きなヒップホップの曲をＢＧＭにしたりと、自分でも上手くいったんじゃないかと思う一本だった。

「すごーい。花火綺麗《きれい》」

小学生みたいな感想をこぼす伏見だった。それに対して鳥越は、

「短いけど、花火だけじゃなくて、花火をしている人の楽しそうな表情もきちんと入ってて、臨場感が伝わってくるね」

はっ、と伏見が鳥越を見て、おほんと咳払《せきばら》いをした。

「ＢＧＭも邪魔してないし、スタイリッシュな仕上がりになっていると思いました」

「伏見、張り合わなくてもいいんだぞ？」

うぐぐ、と口をへの字にした伏見は、鳥越と一緒に、その動画をまた再生していた。

「諒くん、こんなことできるんだ」

「まあ、アプリのおかげだよ」

「でも、適当な人は適当だよ。ＳＮＳでも」

うんうん、と鳥越も首肯した。

「アプリとはいえ、編集作業は地味だし面倒くさいから、適度な部分を切り取ってそのままアップしちゃう人のほうが大半」

「茉菜がＳＮＳの気合い入ってるからなー。いいねが多かったとか、嬉《うれ》しそうに報告してくれるから、それで俺もちょっと頑張ろうかなって」

ちょっとした楽しみでもあった。自分のアカウントは放置したままで何も投稿しないけど。

「きっと諒くんは、自分が楽しむんじゃなくて、他人が楽しんだり喜んだりしているのを、自分の楽しみにできる人なんだよ」

にこにこ、と微笑する伏見もどこか嬉しそうだった。


もぐもぐ、と昼飯のカレーを食べながら、伏見は言う。

「もうちょっと、こうだったら上手いこと編集できたり、いい画になるのになー？　って、ない？」

「そりゃ、多少はあるよ」

我が家のダイニングで、茉菜が作り置きしておいてくれたカレーを温めて食べている。

その本人は友達とカラオケに行くらしく、すでに家にはいなかった。

「だから編集したり加工したりして、いい具合に動画にしてるわけだし」

「そこそこ！　そこなんだよ、諒くん。じゃあ、自分でイチからやったら、もっといい動画になると思わない？」

まあ、たしかに。

「……」

口だけを動かす鳥越は、俺たちのやりとりを聞いている。

茉菜カレーは美味いから言葉が出ないんだろう。

「あ、あの……わたしを、撮ってみない？」

「伏見を？」

「れ、練習でいいから。恥ずかしいけど……諒くんにになら、いいかなって……」

言葉通り、恥ずかしそうにもごもごと言う。

伏見は芝居を勉強中の身。こういったことはちょっとした練習にもなるんだろう。

「いいけど」

「え、いいの？」

「うん」

幸い俺の携帯は、この春に機種変更したばかりの最新モデル。

搭載されているカメラもそこそこいい。

「これは、わたしと諒くん、ウィンウィンだから。お互いいい練習になるし」

「俺は何の練習になるんだよ」

「それは……ほら、動画編集者さん？」

何だよそれ、と俺は笑った。

「だって、諒くん、楽しそうだったから」

「そう？」

うん、と伏見がうなずくと、鳥越も続いた。

「私も思った。意外だった。この手のものって、面倒くさいって言って手を着けないのかと」

俺が自覚してないだけなのか？

ただ、実感として楽しんでいるかどうかは別として、嫌じゃないし苦でもなかった。

「試しに、今何か撮ってみるか」

二人よりも早く食べ終わっていた俺は、携帯のカメラを起動させ、動画モードに切り替える。

レンズで伏見を捉《とら》える。カレーを三分の二ほど食べ終えたところだった。

「え？　今？」

「今」

「えぇぇ……わ、わかんないよ。いきなり撮られても」

あたふたする伏見は、両手でコップを持ち上げて、水を飲むフリをした。

「やっぱノープランだと困るか……」

でも、さっきその本人が撮ってみないかって言い出したんだけどな。

「共同アカウント作って、撮った動画をアップするとか」

ぼそりと鳥越が言う。

「「おぉ……」」

「え、何」

目的があると、撮りやすいかもしれない。

「じゃ、その方向でやってみようか」

「諒くんが、いつになく積極的」

「実はノリノリなんじゃないの」

女子二人は、顔を見合わせてくすりと笑った。

昼食を食べ終えた俺たちは、また部屋へと戻った。

携帯のカメラを向けて、ベッドに座った伏見に尋ねた。

「自己紹介から」

「おっけ。大事だからね。そういうの」

おほん、と咳払いをした。

「ここから使ってね、ここから」

そう言うと、伏見のゆるんでいた表情がキリリと引き締まった。

「伏見姫奈。県立高校に通う一六歳です。父と祖父母の四人で今暮らしています」

次どうするの？　と言いたげな目線を寄こしてきた。

どうするか考えていると、鳥越がノートを広げてペンを走らせた。

『趣味は？』

なるほど。自己紹介っぽい。

「趣味は、映画鑑賞と読書です。お芝居も、今勉強中で……目指せ女優って感じです」

はにかんだような笑みをこちらにむけた伏見。

この笑顔で、画面のむこうにいる男子は悶絶《もんぜつ》しそうなものだ。

『彼氏は？　好きなタイプとか』

再び鳥越がカンペを出した。

「彼氏はいません。好きなタイプは……真面目《まじめ》で安心できる人です」

ちょっと待て。

なんかこれ、AVみたいになってないか。

『キスの経験は』

「ええっと……これ言うの？」

ふんふん、と鳥越が真顔で首を縦に振った。

おどおどした伏見だったけど、カメラの存在を思い出し、またキリリとした表情に戻った。

「あります。一回だけ」

堂々と告白した。ぱっと、勢いよく鳥越がこっちを見ると、ふうん、とつぶやく。

何だよ、何か言いたそうだな？

『Hの経験は』

おい、鳥越。

この質問内容、おまえわかってやってるだろ。

ぼふん、と顔を一瞬にして赤くした伏見は慌てたように答えた。

「――な、ないです。ありません」

女優は女優でも、違う女優に見えてきた……。

「伏見さんも、まだなんだ」

も、ってことは鳥越さん。あのぉ、自爆してないですか？

ぼそっとしたつぶやき、俺にも聞こえてますよ？

ふむふむ、とさらに質問をエスカレートさせようとしたところで、その手を摑《つか》んだ。

「鳥越、悪ノリストップ」

録画を止めた。

ノートには、性感帯と書かれていた。

何訊き出そうとしてんだよ。

「知りたかねえだろ」

「いやでも、お約束かなと思って」

何でそんな知識あるんだよ、おまえ。

「どうかした？」

純粋眩《まぶ》しい笑顔で、伏見は俺たちを覗き込む。

「何でもない。……鳥越、この流れとこの質問がお約束だって、どうして知ってるんだよ」

「……」

ぷい、とそっぽをむかれた。

伏見にはあれだけ質問しておいて、答えてくれなかった。

「あ、わたし、そろそろ行かないと。間に合わなくなっちゃう」

「駅まででいいなら、送ろうか?」

一瞬、鳥越からの視線を感じた。

「ありがとう。でも、一旦《いったん》家に帰って、それからお父さんに車で送ってもらうから、大丈夫だよ」

荷物をまとめた伏見は、じゃあね、と部屋から出ていった。

さっき撮った動画を見てみる。やっぱり、部屋の中でベッドの上というのもあって、それっぽさがかなりある。ていうか、そうとしか見えない。

「高森《たかもり》くんが、ベッドに座らせて自己紹介なんてさせるから」

「質問次第で、やらしい感じじゃなくてできたよ。悪ノリしやがって……」

まったく、と俺はため息を小さくついた。

ちょっとしたイタズラのつもりだったらしく、鳥越が静かに笑っている。

それにしても、何で知ってるんだろう。

女優違いの動画になるところだった。

「でも、私だって興味くらい、あるから」

「え、何が」

「わからないから、そういうの、全然。したこともないし。もしそんなことになったら、きっとテンパるから、事前の知識というか準備というか……それで、その……」

鳥越が徐々に顔色を赤くしていくと、すぐに耳まで赤くなった。

「もう、何でもない――忘れて！」

「わかった。聞かなかったことにする」

どうどう、落ち着け、と俺は両手を上下させる。

「うん。そうしてくれると、助かる……」

こっち見ないで、と鳥越は両手で顔を覆《おお》った。

「ねえ、駅まで送るって、それって、自転車を二人乗りするってこと？」

「んー、想像に任せる」

「悪い人。イインチョーなのに」

「イインチョーじゃなくて委員だから」

顔を見られまいとしてか、鳥越が俺の後ろにするりと回り込んだ。

「後ろから抱き着かれるんでしょ」

「抱き着くってほどじゃないけど腰に腕を回されたりはするかな」

「そうなんだ。……ズルい人」

するっと鳥越の腕が俺の腰に回された。

思った以上に密着するせいで、当たってる。

「こ、こんな感じ？」

「ま、まあ……そんな感じ……」

胸だけは伏見と違うけど。

「背中大きいね」

「一般的な広さだと思うけどどな」

いつまでそうするんだろう。

離せ、とも言いにくいし、離したあとこれといって何かをすることもなかった。

何を言っていいのかわからないでいると、背中に頭が当たる感触がある。

しばらくそうしていると、不意に腕をほどいて、「帰るね」と言い残し、鳥越は足早に去っていった。

17 学祭会議　その1

「第一回、学祭出し物会議ー」

ロングホームルーム――各クラスで何かを行う自由な時間に、担任のワカちゃんが開始早々気だるそうに言った。

「もうそんな時期なんだねー」

隣の伏見《ふしみ》がのん気に言う。

大抵この手の会議はなかなか決まらないから、少し気が重かった。

まだ五月の終わりなのに早くね？　と思いがちだけど、意外とこの頃《ごろ》からはじめるほうが進行がスムーズにいく。……らしい。

去年もたしか話し合い自体はこの時期だったはず。

「つーわけで、学級委員の二人、あとヨロシク」

軽いノリでそう言うと、出席簿だけ持ってワカちゃんは教室を出ていった。

仕方なく俺《おれ》と伏見は前に出て、司会進行をしていくことにした。

「何かやりたいことありますか？」

伏見がみんなに呼びかけるけど、隣近所で顔を見合わせざわざわと何か話すだけで、意見するような人はいなかった。

書記役としてチョークを握ったものの、チョークの出番はしばらくなさそうだ。

まあ、そりゃ、はじめての学祭でも、最後の学祭でもないんだから、頑張る理由っていうのも見つからない。

最初だろうが最後だろうが、俺は通常運転だけど。

最初で最後の高二の学祭なんだよ！　だから頑張ろうよ！　みたいなキラキラしたことを言うやつもいないし。

「どうやって決めよう？」

困った伏見が、くるん、とこっちを振り返る。

「誰《だれ》も提案しないからなぁ……ていうか、やりたいことがないんだろ、たぶん」

俺がそうだし。

提案しないんじゃなくて、そもそも提案するものがないんだろう。

「えぇー、そうなの？」

眉根《まゆね》を寄せて、ううん、と伏見が唸《うな》った。

ちらりと教室の中を見ると、近所同士で軽く話すことはあっても、声を大にするほどでもないようだ。

「ヒナちゃんがいるんだし、看板娘ってことでカフェとか？」

女子の一人が、軽く言った。

はいはい、カフェね。

カッカツ、と黒板に案を書いていく。看板娘がいる、と加えることも忘れない。

誰が言ったのかは知らないけど、現状話し合いにすらなってないから、良し悪《あ》しは別として
その提案には感謝したい。

「何でわたし中心？」

「そういう案だからだ」

「そうだったら、女子全員を巻き込むよ？　わたしだって教室でずっと当番なんて嫌だし」

それもそうだな。

「じゃ、メイド喫茶《きっさ》」

男子の提案だった。ありがちだけど、まあカフェが案として挙がるんなら、これも良し。

「男子はそういうエロいことを女子にさせたいだけでしょー」

「メイドはエロくねえよ！」

おお、ようやく話し合いっぽくなってきた。

メイドがエロいかどうかは別として、議論は存分にしてくれたまえ。

「メイド喫茶かぁ……諒《りょう》くん、どう思う？」

頭の中で、伏見にメイド服を着せてみる。

「あぁー……悪くない」

「そうなんだ」

カフェとメイド喫茶を皮きりにぽつぽつと意見が出ては、男子からの反対が出たり、女子からブーイングが巻き起こったり、出た提案に対して、誰かしらが反対をした。

候補に挙がった提案の数は六つに達したけど、その横には反対意見も列挙されていた。

「多数決とかにしちゃう？」

弱ったような顔をする伏見に、俺は首を振った。

「それだと反対意見を捻《ね》じ伏せることになる。まだ時間はあるんだから、今回はネタ出しってことでいいんじゃないの？」

「それもそうだね」

じいっと俺を見つめてくる伏見。

「どうかした」

「ううん。諒くん、なにげに頼りになるなぁって」

そりゃどうも。

「伏見は何かないの？」

「ううんー。あるけど、まだないってところかな」

なんだそりゃ。

鳥越《とりごえ》に目をやると、ゆるく首を振っていた。

こっちはとくになし、と。

教卓には、学祭の展示、出し物におけるルールを示したプリントが置いてあった。

教室を使っての展示や店をする、もしくは、体育館の舞台を使っての出し物のどちらかをしなくてはならない。

去年と同じで、教室を丸ごと休憩スペースにして、ご自由にお使いくださいってのは無し。体育館の舞台での出し物なら、公演時間の枠は早いもの勝ちだそうだ。

「伏見の一人芝居とか」

「ううーん。それはさすがに……」

「冗談だよ」

でも、まんざらでもないような悩み方だった。

「そうなると、伏見におんぶに抱っこってことになっちまうからな。一応、クラス一丸となっての行事だし」

「そ、そうだね。老いも若きも、クラス一丸が大事」

「そゆこと。みんな同い年だけどな」

陰キャラも陽《よう》キャラも、一緒くたに放り込まれてる闇《やみ》鍋状態の教室だから、こんなときくらいは足並み揃《そろ》えようぜって話だ。

序盤こそ調子がよかったものの、俺の予想通り、話し合いは難航し、いよいよ何の意見も出なくなった。

ま、一回目は、こんなもんだろう。

ワカちゃんは、何回かやるってことを見越して、第一回って言ったんだろうし。

「でも、何か案があっても、どうしても反対意見が出ちゃうね」

「そりゃ、やりたくないことは、はっきりわかるからなー」

何でもいい、っていう意見は、裏返すと何でもよくないってことでもある。

自分が思う『何でもいい』の枠が、他人と同じとは限らないのだ。

三〇人ちょっとの最大公約数を出すってのは、かなり難しい。

「じゃあ、『やりたくない』を先に出そう」

それなら、あとになって反対意見が出にくいだろう。

さらっと提案すると、ちょうど静まり返っていたこともあって、みんなに聞こえたようだった。

「イインチョーそれいいじゃん」

「たしかに、『やりたくない』は、『やりたい』より出しやすいかも」

「イインチョー、ファインプレイ」

「だからイインチョーじゃなくて委員だって言ってんだろ」

何回言えばわかるんだよ。

鳥越も無表情のままうんうんとうなずいていた。

「いいね、それ」

伏見の後押しが決定打となり、順番にやりたくないこと、嫌なことを言っていった。

「私たちがメイドとかコスプレする系のやつは無理」との意見。

女子は大変そうだもんな。

うんうん、と伏見も鳥越も同意らしく、大きく首を縦に振った。

「女子がコスプレしないやつとか、無理」

これは男子からだった。

反対意見の反対すんなよ、ややこしい。

もちろん、女子から集中砲火を浴びる結果になった。

「メイドとか、そういうエロいやつ。男子がエロい目で見るから」

「メイドはエロくねえだろ！」

何でメイドにそんな熱いんだよ。

やれやれと俺は黒板に出た意見を書いていく。

「おれは……みんなで決めてくれた提案に乗っかるよ。伏見さんやイインチョーたちがこうい

う やり方で決めてくれるんなら、安心できるから。決まったら文句は言わないし、やることもやるよ」

中にはこんなことを言ってくれる男子もいた。

友達になれそう……今度、話しかけてみよう……。

五月終わりそうだけど、イケるかな、まだ。

そして、鳥越に順番が回った。

「……ロミオとジュリエットみたいな、特定の男女が学祭をきっかけに恋しそうな演劇とか、嫌」

はっきり嫌って言いやがった。

なんかやけに具体的だな……釘《くぎ》を刺しているような……。

伏見が声にならない反論を上げていた。えぇぇぇぇ、って言いたげに整った顔を歪《ゆが》めている。

釘刺された人いた！

美少女が台無しだから今すぐやめろ。その顔。

「イインチョーこと諒くんは、何かある？　『こんな学祭は嫌だ』ってやつ」

「おい、大喜利になってんぞ」

近いけどそんなお題じゃなかっただろ。

「俺は、みんなが、一人一人頑張れるやつがいい。誰かに押しつけたり、人任せにならないような、そういうの」

「諒くん……ブラボー」

拍手すんな、恥ずかしくなるだろ。

「いいこと言うじゃん、イインチョー」

「肩書通りの真面目《まじめ》な意見だね」

「自分だけラクしたりすると、なんか気まずいしね」

と、みんなが口々に言う。

どうやら俺の提案は受け入れられたようだった。

やりたくない、という意見の他にも、こうだったらいいな、という意見も出て、話し合いはさらに活性《かっせい》化した。

「うんうん、いいじゃん、いいじゃん」

意見を反映させた黒板を見た伏見は満足そうだった。

やがて今日最後のチャイムが鳴り、放課後となった。

伏見が横で学級日誌をまとめている間、俺はノートに黒板の文字を写していった。

「演劇の大半は禁止ってことになると思うんだよね、あれ」

ぽつりと伏見がこぼした。

「何かマズかった？」

まだ残っていた鳥越が、俺の前の席に座った。

「マズくないけど、あれじゃ演劇自体を禁止しているみたいで意見の幅が狭《せば》まるっていうか……」

「男女のコンビが主演じゃない演劇だってあるんじゃないの？」

「むぐぐ」

舌戦は鳥越のほうが強いらしい。

「今日出た反対意見が全部なら、アレを提案すると確実に通るね」

ころりと表情を変えた伏見が、むふっと笑った。

何を企《たくら》んでるのやら。

「その陰謀、阻止したい」

と、鳥越は真っ向からぶつかる気でいるらしい。

仲いいのか悪いのかさっぱりわからない二人だった。

⑱「好き」がわからない　その3

「これで勉強なさい」

篠原《しのはら》は紙袋にどっさり詰め込まれた少女漫画を俺《おれ》に渡すと、さっさと帰ってしまった。

読みたいってほどじゃないけど、参考程度にはなるだろう、と借りることにしたんだけど。

「多いな……」

何十冊あるんだよ。

「にーに、お客さん？」

「ああ、篠原がさっき来てて、オススメの少女漫画を貸してくれたんだ」

「へえ」

平日の夜だっていうのに、わざわざここまで届けてくれたことは、素直に感謝したい。

「にーにと親方って、どんな関係？」

「どんなって……」

三日だけ付き合った元彼女とは、言いにくい。

「中二のとき、クラスが一緒だったんだよ。鳥越《とりごえ》と元々仲がいいから、それで」

ふうん、と茉菜《まな》は鼻を鳴らした。

どっしりと重い紙袋を手に、階段を上がっていく。その後ろに茉菜もついてきた。

「何」

「どんなのか気になる」

あ、そ、と俺は構わず部屋に入った。

几帳面《きちょうめん》にシリーズごとに固められてあったので、選びやすかった。

紙袋に入っていたのは、四シリーズ。全部で四六冊。重いわけだ。

ベッドに座ると、隣に茉菜がやってきた。

「全部きちんと完結してるやつじゃん」

タイトルを見て、茉奈がぽろりとこぼす。

サブカル系はあまり知らないのだと思ったけど、茉菜でも知っているメジャータイトルらしかった。

「じゃまず適当に、これから」

一冊を手に取ると、茉菜も隣から覗《のぞ》き込んでくる。

「読みにくいだろ」

「いいから、いいからぁ。あたしも気になるんだってばぁ」

がっつり密着して、手元を見つめる茉菜だった。

あとで貸してやるから、と言っても、やめる様子はなく、「次のページ、早く」と急《せ》かされた。

仕方ねえな、と俺は甘んじてそれを受け入れることにして、ページをめくった。

「……地味少女がクラスのイケメンと出会って～っていう王道オブ王道だね」

「そうなのか？」

「そうそう。ふふふ。にーにみたい」

「どこが」

「男女逆にしたら、そうじゃん」

俺と伏見《ふしみ》のことか？　元から仲がいい間柄だったし、これとはちょっと違うだろ。

普段少年漫画しか読まないせいか、馴染《なじ》むのに時間が少しだけかかった。

「んふぅ……ギュンギュンする」

甘い展開に、茉菜が悶絶《もんぜつ》していた。

ギュンギュン？

「茉菜は、『好き』を自分より相手を大切に思うこと的なことを言っただろ？」

「んー？　それが何ぃ」

「それって、ある程度知っている仲じゃないと成立しなくないか？」

この少女漫画だと、一巻が終わらないうちに主人公はヒーローに恋をしている。時間経過でいうと一か月も経《た》ってない。

顔か？　やっぱ顔なのか？　顔がいいと時間を超越するのか？

「うーん、そうかもねぇ。あたしの中にある『好き』って感情は、にーにに対しての気持ちだけだから、今んとこ、それしか引き出しがないんだよねぇ」

唇を尖《とが》らせて、小難しそうな顔をした。

茉菜の言を借りると、俺はまだその引き出しがないってところか。

「じゃ初恋はまだってこと？」

「ふふふ。にーにが初恋の人♡」

するり、と腕を絡《から》めてきた。

愛《う》い奴《やつ》め。

ギャルのくせに、男関係はからっきしなんだな。

「この前から似たような質問してるけど、にーには、誰《だれ》かを好きになりたいの？」

――好きになりたい――。

思ってもみない角度からの質問だった。

どう答えていいかわからず、間を持たせるように、ページをめくる。

「それって姫奈《ひな》ちゃん？　それとも鳥ちゃん？」

「わかんねえ」

どっちを選ぶのかって話じゃなくて、選ぶその基準が俺の中に今は見当たらないんだ。

「じゃあじゃあ、あたしは、好き？　嫌い？」

「どっちかなら、好きだよ」

「やった」

作る飯は上手《うま》いし、あれこれ世話を焼いてくれるし、真面目《まじめ》な話は、真面目に答えてくれるし。

「じゃあ、姫奈ちゃんは？　鳥ちゃんは？　親方は？　……にーには、嫌いだったらそもそも遊んだりしないタイプじゃん？　てことは、みんなある程度好きな人なんだよ」

「かもな」

「でも、その好きって、ライクの好きだとしても、みんな同じじゃなくない？　形が違うというか、質が違うというか」

なんて言えばいいんだろー？　と茉菜はあれこれ言葉を尽くしてくれた。

「にーにが、『どう想《おも》いたいか』でいいんだよ、きっと。その好きがラブじゃなくても」

俺が、どう想いたいか、か……。

そんなふうに考えたことなかったな。

「今名前を出した中で、一番はっ？」

茉菜が目をキラキラさせながら尋ねた。

「それがまだわからないから困ってるんだろ？」

「んもう！　今のは、イケメンボイスで『おまえが一番だよ、茉菜』ってゆーとこじゃーんっ！　気が利《き》かないんだからっ。顎《あご》をクイってして目をじっと見て！」

「注文多いな」

「にーには、自分の気持ちにも鈍感なのかもね？」

よしよし、となぜか頭を撫《な》でられた。

「こういう漫画みたいな、教科書通りの恋のはじめ方って、たぶんどこにもないよ」

漫画で勉強しろって言った篠原を全否定《ひてい》しやがった。

「妹が兄のことを愛してるとか、そういうイレギュラーなことが現実ではあるわけじゃん？」

「ん？」

「ふふふ。漫画でもまあああるけどね」

……さっき言ってたな。

それしか引き出しがないって。『どう想いたいか』だって。

一般人の基準では、もしかすると茉菜のそれは恋じゃないのかもしれないけど、茉菜基準だとそれは十分『愛してる』になるようだ。

「深いな。ギャルのくせに」

「にーにより頭いいもんね。てかギャル関係ないじゃん」

にしし、と照れ笑った。

くっついたまま漫画を読んでいると、茉菜が立ち上がった。

「もう、ちょっと人前では読めないんだけどぉー」

ゆるゆるになっていた顔を手で覆《おお》って部屋を出ていくと、扉越しに声が聞こえた。

「一人で読むから、あとで貸してー！」

「わかった」

主人公がヒーローとのやりとりや行動にときめくシーンが多かった。これが、茉菜をニヤけさせたらしい。

この主人公は、キュンとかドキとか、ソワソワとかモヤモヤとか、ヒーローを想うときに出てしまう擬音やその感情を『好き』だと認定して、それに、『恋』ってラベルを貼《は》ったんだろう。

茉菜が言ったように、俺は自分の気持ちにも鈍感らしい。

この手の擬音は、何度か俺の中でも発生したことがあった。

19 ニックネームがほしい

朝のホームルームが終わり、ワカちゃんが出ていくと思い出したように伏見《ふしみ》が声を上げた。

「あ、今日の放課後が進路希望調査の締め切りなので、まだの人はそれまでに学級委員のどちらかに渡してくださいー」

そういや、今日だったな。

担任が言わなかったってことは、たぶん締め切りが今日だって忘れてたんだろう。にしても、よく覚えてるな、伏見。

「イインチョー、これ」

ざわつく教室の中、女子テニス部の本間がひらりと調査書を机の上に置いた。

「見ないでね」

「そんなこと言われると見たくなるだろ?」

「大したこと書いてないから別にいいんだけど」

にひっと笑って、スカートを翻《ひるがえ》し、仲良しグループの輪に入っていった。

別にいいってことは見てもいいんだよな?

男子は全員伏見のところに提出するし、女子の半分近くはそうだ。

だから、俺《おれ》は他の人がどんな進路にしているのかまったく知らなかった。

「……」

ぴらっとめくって伏せたプリントを覗《のぞ》く。

『美よーしの専門がっこー』

女子らしい丸っこい字でそう書いてあった。

本間は、美容師になりたいのか。

第二希望と第三希望は空欄だった。

「諒《りょう》くんは、書けそう？」

とんとん、と伏見が集まった進路調査票を整える。

そのプリントは、白紙のままずっと引き出しの中に眠っていた。

引っ張り出してもこれといって思い浮かばず、大事にしまっているうちに、引き出しの奥でシワまみれになっていた。

「先のことなんて、全然想像つかねえ」

「とりあえずでいいんだよ。変なところで真面目《まじめ》なんだから」

くすっと伏見が笑った。

真面目一辺倒の伏見にそう言われると、少し気が楽になった。

鳥越《とりごえ》がプリントを持ってきた。

「これ」

「ああ」

鳥越が席に戻っていくのを見届け、こっそりと進路調査票を覗く。

『公立大学。文学部。できれば県内のやつ』

文系の公立とはいつだったか口にしてたけど、文学部志望だったのか。

「……」

今さらだけど、大学には、学部ってやつが存在するんだよなぁ。

文系全般とかそんなざっくりした括《くく》りはないから、文系の何を勉強するのか、それも決めないといけない。

「ううん……つっても、俺は理系でもないしな」

「諒くんっ」

ずいっと上半身をこっちに寄せてきた。

「うわぁ、びっくりした。な、なんだよ、急に」

「思ったんだけどね、諒くんは、いつまでわたしのことを伏見って呼ぶつもりなの？」

「いつまで？　……伏見が伏見である限り」

「そうじゃなくて！」

「ステーイ、ステーイ。伏見どうした、大声出して。みんな見てんぞー?」

教室中の注目を集めていることに気づくと、小さく咳払《せきばら》いをして、声を潜めた。

「小学校のときは、姫奈《ひな》ちゃんって呼んでたのに。中学入っていきなり変わったでしょ? 名字呼びに。寂《さび》しかったんだから、あれ」

「……ちょっと恥ずかしくなったんだよ。女子を『ちゃん』付けで呼ぶのが」

「だから『フシミィ』ってスカすようになったの?」

今の俺の真似《まね》か? 若干悪意あっただろ。

「スカしてねえから」

ときどき毒を吐くな、こいつ。

「諒くん、いい? 伏見は、地名を指す単語でもあります」

「名字でもあるけどな」

「ああ言えばこう言う!」

「そういや、学祭の出し物か教室の展示? 何か案があるんだろ?」

「それはねー。むふふ。……って話をそらさないで」

バレたか。

「ちゃん付けが恥ずかしいなら、呼び捨てで姫奈って呼んでいいんだよ?」

「いいんだよって言われても」

「あ、じゃあ、ニックネーム。篠原《しのはら》さんがタカリョーって呼ぶみたいに」

「フシヒナ――だと呼びにくいな」

思えば、伏見にニックネームが付いたことはない。

呼ばれるのは、名字か名前のどっちかだ。

「ひーなとかどう?」

自分で提案しはじめた。

「もしかして、ニックネームで呼び合う仲に憧《あこが》れてるとか」

「ぎくう」

「口で図星を表現するやつ、本当にいるんだな」

「だって……ずっと、さん付けかちゃん付けのどっちかでしか呼ばれないし……」

ニックネームは付けられやすいタイプとそうじゃないタイプがいる。

伏見は断然後者。

どうしてそうなのか、具体的な理由はわからないけど、ニックネームを付けにくいキャラクターだってのは、なんとなくわかる。

「じゃあ、プリンセス」

「それは嫌。持ち上げ過ぎで、逆に悪口みたいに聞こえるから」

と、本人は嫌がるけど、ダブルミーニングで結構ぴったりだと思うけどな。

困った挙げ句、俺は鳥越を召喚することにした。

「鳥越ー？　伏見がニックネームほしいんだってさ」

「そういうのって、無理につけると定着しないような？」

呼ぶとそばまでやってきた。

「この手のことが得意な茉菜《まな》が、いまだに姫奈ちゃんって呼んでるくらいだし、もうそれでいいんじゃね？」

「やっぱり、上手なんだ」

鳥越が腑《ふ》に落ちたようにつぶやいた。

「『鳥ちゃんって言いにくいから、シズって呼ぶねー？』って、メッセージ来たから」

――シズ？　……ああ、静香《しずか》だからか。

ちら、と鳥越を見ると、たしかに『シズ』感抜群だった。名前にシズが入ってなくても、鳥越は、『シズ』って感じがぴったりだった。

「上手《うま》いな、あいつ」

「妹ちゃん、伏見さんのことはそれで呼び慣れているから、わざわざ変えるつもりもないいんじゃないの？」

「誰《だれ》か……わたしを『ひーな』って呼んで……。中学生の頃から、ずうっと温めてた、この名前……」

机に突っ伏す伏見が、溶けそうになっている。

ふっと鳥越が笑った。

「地下アイドルみたいだね、それ」

数年間温めたニックネームを刺しにいく鳥越だった。

「私でいいなら、呼ぶけど」

「鳥越さんっ」

がばっと起きて両手でがっしり握手をしていた。

「ひーな」

「はい」

うん、とうなずく鳥越も、どこか嬉《うれ》しそうだった。

⑳ 主人公力と劣等感と

「それで、諒《りょう》くん、どうするの？」

昼休憩、珍しく物理室にやってきた伏見《ふしみ》は、俺《おれ》のむかいに座って尋ねた。

「ちなみに、伏見は何って書いた？」

「わたしは……」

がさがさ、と鞄《かばん》を漁って、自分のプリントを取り出す。

『女優』『女優』『女優』

第一希望から第三希望までそれだけだった。

胸張って、やりたいことを公に言えるって、すげーことなんだなと伏見を見て思う。

「高森《たかもり》くんは、何って書いたの？」

隣に鳥越《とりごえ》がやってきた。

普段は離れた席にいるのに、今日に限ってどうしてまた。

「俺は、まだ白紙」

「そう」

「今日までなんだよ？　ワカちゃんにチクチク小言言われるんだからねー？」

わかってるって、と俺はうるさそうに手を振った。

「ばっちり決まってるやつはいいな」

「………そう、かな？」

妙な間と、固い笑顔が少し引っかかった。

「ひーなは、高森くんにあれこれ押しつけないで。それぞれペースがあるんだから」

「押しつけてないよ。そもそも期日は前もって知らされていたんだから、みんな時間は平等なんだよ」

「どうして今日は物理室に来たの？　取り巻きたちはいいの？」

「振り切ったから、大丈夫」

振り切ったのかよ。また探しに来なけりゃいいけど。

「鳥越さんだって、普段離れた席にいるのに、今日はどうしたの？」

「どうもしない。一人だけ離れているのも変だと思っただけ」

二人が言葉を交わすたびに、語気が熱を帯び、比例して空気が重みを増していくのは気のせいか？

「ま、まあ、そんなことよりも、飯食おうぜ」

二人同時にため息をつかれた。

なんだよ、俺が何かしたか?

それぞれが弁当を食べはじめると、会話が途切れたタイミングで、鳥越がスマホを見やすいように机に置いた。

「この前のやつ、伏見アカウントを作って投稿してみた」

「この前のって、まさかあれか。ベッドの上でのインタビュー?」

「そう」

そうなんだー、と伏見はのん気に言うけど、AVと同じ演出だからなぁ……。

鳥越に頼まれて、一応動画を編集したものの、本気であれを投稿するとは思わなかった。

「結構、いいねついた」

するする、と画面を触ってスクロールさせると、コメントといいねの数が見られた。

「三〇〇ちょいある⁉　もうフォロワー二〇〇ちょいいるし」

「え、何、何?　すごいのそれ?」

純粋顔で、俺と鳥越を交互に見る伏見。

「アカウント作ったばかりで、この数はすごいと思うよ」

コメント欄は、男が多い。

フルネームをきちんと言っていたので、そのへんはカットしてあるから、名前がバレることはないだろう。

ああ、やっぱり、『これAV？』ってコメントがあった。

「名前のところ、全部カットされてるけど？」

「そのほうがいい」

そうなの？　と伏見が目で俺にも訊いてくるので、うなずいておいた。

「どこの誰《だれ》かわからないほうがいいんだ。こういうのは。伏見姫奈《ひな》だってバレて、家に知らない男が来たら怖いだろ？」

「ひえ……」

想像したのか、顔が青ざめていた。

「でも、そんな暇な人っているの？」

「ひーな、それでも現代人？」

「ネット社会に疎《うと》いだろうなとは思ったけど、そこまでとは」

「ええええ……そんな一般常識レベル？」

俺と鳥越は同時にうなずいた。

「ひーなは、料理もネット知識もおばあちゃんレベル」

辛辣《しんらつ》な鳥越の評価だった。

「伏見、中学のときも……」

「中学のとき？　何かあったっけ？」

ああ、直接は知らないのか。

伏見の知らないところで、ちょっとしたストーカー騒ぎがあった。

けど、それは伏見のことが好きな怖～い先輩たちが、睨《にら》みを利かせたおかげで、被害はほとんどなかったのだ。

「ひーな、ネットっていうのは怖いところ」

「そうなんだ」

無防備だし危機管理のなさが、俺はとっても気になる。

「せっかくだから、二本目も撮ってみる？」

「わたしはおっけー」

鳥越の提案に伏見が賛成すると、二人が視線で尋ねてきた。

「うん。いいよ。やろう」

都合が悪いわけでもないし、反対する理由もなかった。

それから昼食は、その二本目をどうするかのちょっとした打ち合わせのようになった。

「次は、前回話したことを、もうちょっと具体的にしていく感じで……」

鳥越Pがあれこれとアイディアを出してくれる。

俺も伏見もこれといって要望はなかったので、ふたつ返事でうなずくことになった。

「楽しみ。こんな感じになるのかな」

「何が？」

「学祭の――――」

あ、って顔で、伏見が言葉を止めた。

「ひーな、学祭でやりたいことでもあるの？」

「反対意見をすり抜けることができて、色んな人が活躍できる――となると」

俺が前回の話し合いで出た意見をまとめると、ぽつんと鳥越が言う。

「自主映画とか？」

「ぎくぅ」

「図星なんだ」

自主映画……。

口の中で一度つぶやいてみた。

「まあ、うん。そう。やってみたいなって思って」

照れくさそうに、弁当を箸《はし》で突く。

「諒くんが監督で、鳥越さんは、脚本。どう？」

どうって言われても。

気持ちは鳥越も同じだったらしく、似たようなタイミングで俺たちは互いの顔を見合わせた。

「当然、わたしが主役を演《や》る」

確固たる意思と覇気が伝わってくる、そんな口調と目の力だった。

別の女子がこんなふうに主役をやりたい、と言い出しても、適役なのか？　他にやりたい女子いないのか？　って意見が出そうなものだけど、伏見が主役をやりたいって言うのなら、きっと誰も反対しない。

それだけ、伏見姫奈っていう女子の容姿は桁違《けたちが》いだからだ。

中学のときも、いわれのない理由で先輩の女子に目をつけられたことがあったけど、目をつけた側が逆に総叩きに遭うくらい、その顔立ちと人気は際立《きわだ》っていた。

当然わたしが主役を演る――気持ちいいくらいの主張だ。

そこが自分の土俵だと自覚して、他の誰にも任せたくない、任せられないっていうエゴイズムを感じた。

伏見がここまで我を通そうとするところを、俺は見たことがなかった。

この提案を次回の会議で話せば、きっとみんな賛成するだろう。

「主人公力も、桁違いってか……」

ややあって、鳥越が口を開けた。

「これは、ひーなの一提案でしょ？　他にも案はあるように思うけど」

かなりやんわりとした反対意見だった。

「そうかなぁ……」と気勢を削《そ》がれた伏見も、小難しそうに表情を曇らせた。

「諒くんにも鳥越さんにも、きっとできると思うけど」

「自分のやりたいことに、人を……高森くんを巻き込まないで」

「わたし、そういうつもりじゃ……」

悲しそうな顔をする伏見の表情を見て、鳥越もマズそうな顔をした。

「ごめんなさい……」

食べかけの弁当をしまい、荷物を持って物理室を出ていってしまった。

「お、おい、鳥越――」

廊下に顔を出すと、ずべしゃぁぁ！　とこけた瞬間だった。

あちゃぁ……。

手に持っていた弁当も、廊下にばらまくことになってしまった。

やれやれと頭をかきながら近寄ってそばにしゃがみこんだ。

「大丈夫？　どっか痛くない？」

「……ありがとう。痛くないから。どうせ、メンヘラ女だとでも思ってるんでしょ」

「なことねえよ。ただ、伏見に対してやけに噛《か》みつくなーって思っただけ」

「私だって、ひとつやふたつ、思い通りになってみたいのに」

「伏見は、桁違いのパワーがあるからな」

「うん」

ああ。

鳥越を見ていて、ようやく思い至る。

伏見が芝居に夢中になったり、夢があったり、最強の主人公力があったり――俺はそれを引け目に感じていたんだ。

俺には何もないから。

何をしようとしても、伏見みたいにきっと上手《うま》くいかないだろうから。

伏見は周囲の人間に劣等感を突きつける。いかに自分が劣っているのか――それを痛感させる。


そんなつもりはもちろんないだろうけど、そばにいればそれだけ……。

鼻をすする音が聞こえて、ぽろりとこぼれる涙が見えた。

俺は黙って背中をさすった。

「私だって……高森くんのこと、もっと知りたいし、もっと好きになりたいのに、そんな時間はきっとない……」

珍しく感情的になる鳥越の涙声は、少しだけ胸に響いた。

ただ、目の前でそれを吐露されると、俺はどんな顔していいのかわからなくなる。

「大丈夫——⁉」

遅れて伏見も出てきた。手には二本のほうきとひとつのちりとり。

「ごめん。感じ悪かったよね」

「ううん。気にしないで。休憩時間なくなっちゃう。早く掃除しよう」

廊下を簡単に掃除して、用具箱へ帰す。

反対したり意見に噛みついたりするのは、鳥越なりの意地だったのかもしれない。


放課後。

「鳥越さん」

学級日誌を書いていると、伏見が鳥越を呼び止めた。

「あ、ごめん。今日は図書委員の当番だから」

そう言って、鳥越は教室を出ていってしまった。

ふらふら、と覚束《おぼつか》ない足取りの伏見が席に戻ってきた。肩を落としたその様は、しこたま攻撃されたインターバル中のボクサーみたいだ。

「諒ぐん、どうじよう……鳥越しゃんに、ぎらわれ、ちゃった……」

全力のうる目で今にも泣きわめきそうだった。

「当番だったってだけだろ？　嫌いになってるわけじゃねえと思うけど」

今にして思えば、鳥越はなんというか、偉いと思う。

友達は友達。恋敵は恋敵。そんなふうにして、伏見への対応を変えているような気がした。

「そうかなぁ……」

篠原《しのはら》あたりにでも、鳥越のフォローと心境の確認をしてもらうことにしよう。

「単に、伏見の提案に乗り気じゃなかったってだけじゃないの？」

「そうかなぁ……」

椅子《いす》の上で膝《ひざ》を抱える伏見は、どんどん小さくなっていく。

「一回くらい喧嘩《けんか》したっていいんじゃね？　喧嘩するほど仲がいいって言うだろ」

「目線で喧嘩することはよくあるけどね」

「え」

そうなのか。

けど俺には、喧嘩できるような相手もいない。

強いて言うなら、篠原くらいか？

腹割って、気兼ねなく思ったことをそのまま言える相手って。

くすん、と伏見が本気で泣きはじめてしまった。こうなると何を言っても届かないので、俺は黙々と学級日誌に授業内容とクラスの様子をさらさらと書き続けた。

たしか、篠原から借りた少女漫画で似たようなシーンがあったな。

親友と喧嘩して、モヤモヤするっていうシーン。

その漫画では、お互いのちょっとした勘違いが原因だったけど、伏見と鳥越は、そんな感じでもない。そもそも、喧嘩なのか？　ってくらいの状況だと思う。

「これワカちゃんに出したら、図書室寄ってみる？」

「どうしよう……声かけても無視されたら」

いつも明るい伏見らしからぬネガティブ発言だった。

「そんときゃそんときだろ」

「そんな無責任なぁ」

「無視されたときの対応を今のうちにシミュレーションしとけば？」

「悲しいシミュレーション……」

図書室に寄ること自体はオーケーらしい。

書き終えた学級日誌と鞄を持って、職員室にむかった。

ワカちゃんは席を外しているらしく、不在だったのは幸いだった。俺たちは集めた進路希望調査票をまとめてデスクに置く。

俺はまだ書けてない。

本人も締め切りを覚えてなさそうだったし、今週中に出せば問題ないだろう。

職員室を出て図書室方面へと歩く間、伏見の顔がどんどん強張《こわば》っていくのがわかった。

「冷や汗かいてきた……」

「案外むこうも、気まずくなったのをどうにかしたいって思ってるかも」

「だといいけど……」

ぎゅむっと目をつむって、すーはー、と何度か深呼吸する。

「……」

教室では見せないそんな姿を、可愛《かわい》いと思ってしまう。

頭をぽんと撫《な》でる。くりん、と首を回して、こっちを見上げた。

「あ、悪い。頭勝手に触って」

「ううん。何か珍しいから」

えへへ、と強張った表情がゆるんだ。

手をどけてポケットに入れると、名残惜《なごりお》しそうにその手を伏見は見つめていた。

「きっと大丈夫だ」

扉を開けて中に入ると、カウンターにいた鳥越は、手元に広げた本をじっと読んでいた。

かなり集中しているようで、やってきた俺と伏見に気づいていない。

中間テストが終わったこともあって、室内には俺たち以外は誰もいないらしい。

「暇そうだな」

「……ああ、高森くん」

「と、伏見も」

後ろに親指をむけた。

「え、ひーなも？」

見えないわけねえだろ、と思って後ろを振り返ると、誰もいない。

……どこいった、あいつ。さっきまで後ろにいたのに。

「……」

そろーり、と開いた扉から、伏見が顔を覗かせた。

「何してんだ、こっちに来いよ」

ささささ、とこっちに来て、俺の後ろに隠れた。

ここまで来て何ヘタレてんだ。

「どうかしたの？」

「いや、伏見が……鳥越に嫌われたって、さっきまで教室でマジ泣きしてて」

ふふ、と鳥越が静かに笑った。

「何で？」

「だって……そっけなかったし……」

「鳥越は、たいていそっけないぞ」

「変な誤解しないで。ただリアクションが薄いだけだから」

だとよ、とまだ俺を盾にして隠れる伏見に言う。

うじうじしているので、鳥越の前に伏見を突き出した。

「鳥越は、伏見のことが嫌いだから意見に反対したわけじゃないんだろ?」

「うん。反対って言うほど、反対もしてないよ」

自分の意見を否定《ひてい》されたと思うと、拒絶に感じてしまう気持ちもわからなくはないけど、鳥越はそういうやつじゃない。

「鳥越さん……あの……。あの提案は、みんなで楽しくできたらいいなって思って……」

「それ――」

「え?」

「私は、ひーなって呼ぶようにしたんだから、ひーなも、私の呼び方を変えてほしい」

「なんて呼べば……」

「みーちゃんが呼んでるみたいに、しーちゃんでもいいし、妹ちゃんみたいにシズでもいいよ」

「じゃあ、しーちゃん……で」

恐る恐る言うと、鳥越がうなずいた。

「うん」

　おどおどしていた伏見の表情も、徐々に元通りになっていった。

　ちらりと鳥越の手元を見ると、読んでいた本が閉じられていた。そのタイトルを見て笑みがこぼれた。

「鳥越、何だかんだでやる気なんじゃ……」

『初心者にもわかる脚本術』ってタイトルだった。

「あっ……」

　さっとそれを背中に隠した。

「……これは、ただ……たまたま返却されたやつで……」

　恥ずかしそうにする鳥越は、歯切れ悪く言う。

「ま、まだ、ひーなの案が通るってわけでもないし……」

「俺はいいと思う。鳥越で。その案が通ったならって前提だけど。小説たくさん読んでるし、他の誰かもやりたいって言うなら、協力すればいいわけだし」

　ぶんぶんぶん、と激しく伏見が首を縦に振っている。

「なら……いいけど……」

「よろしくね。まだちゃんと決まってないけど」

　二人はがっしり握手した。

　これで一件落着だな。

「諒くんは、どうするのかにゃー?」

最寄り駅からの帰り道、妙に上機嫌な伏見が、いたずらっぽい顔で俺を覗《のぞ》き込む。

「何が?　進路?」

「じゃなくて。……わかってるのにはぐらかすのは、よくないよ?」

鳥越が自主映画の脚本をやってもいい、という決断をした。

そうなってくると、俺の判断が二人には注目される。

「監督ったって……何やっていいか……」

「そこはほら。みんなでフォローし合うから」

「もっと適任な人が、俺の目の前にいるんだけどな」

「え、わたし?」

「うん。映画の見た数だったり、こういうふうに撮ってほしいってあるんじゃないの?」

「まあ、そうかなぁ」

監督兼主演。

野球ならエースで四番みたいな、大黒柱だ。

「俺じゃなくても、他に適任のやつがクラスにいるかもしれないだろ?」

「いないよ」

きっぱりと断言した。

何でだよ。

「だって、諒くんに撮ってほしいんだもん」

「だもん、って……」

子供じゃないんだから。

「題材にもよるけど、きちんとしたいじゃん。適当なやっつけ仕事で準備しました、みたいなやつにはしたくないし」

そうなってくると、色んな準備が必要になってくる。

機材だったり、小道具だったり、撮影場所だったり……。

だから伏見は、俺が言った『みんなに役割がある物』をこうして提案している。それはわかる。

「でも、まだ決まったわけじゃないし」

「諒くんもわかってるでしょ、話し合いのあの雰囲気で。……何かがやりたいって意見が何もないから、困ってるんじゃん。反対意見をすり抜けた提案だから、言えば通っちゃうよ」

いつの間にか、伏見家のそばまで来ていた。

「考えててね！　ていうか、腹を括《くく》る準備してて」

シシシと笑うと、じゃあ、と伏見は手を振って家の中へ入っていった。

㉑ 学祭会議　その2

中間テストが返却されはじめ、俺《おれ》の点数は思いのほかいい結果を残した。

「やっぱり諒《りょう》くんは、やればできる子なんだよ」

俺よりも、むしろ伏見《ふしみ》のほうが嬉《うれ》しそうだった。

懸念《けねん》された英語の赤点も回避。

「やったな。補習回避おめでとう」

48点の答案を返すとき、ワカちゃんがそう言った。

「今後も、この調子で精進するように」

「ウス」

言い忘れただけなのか、あとにするつもりだったのか、進路希望調査票については何も言われなかった。

そして、その日の最後の授業はロングホームルーム。

前回、進捗を報告したとき、ワカちゃんが、『まあ、なかなか決まらないよなぁ』と頭をぽりぽりかきながら言っていた。

『次回のロングも、同じ内容で。学級委員、司会よろしく』

と、宣言していただけあって、時間になってもワカちゃんは教室にも来なかった。

「先生に言われているので、今回も学祭のことを決めていきます」

一緒に黒板の前に出た伏見が開口一番に言った。

俺は前回出た反対意見——これはしたくない、嫌だって主張を黒板に箇条書きにしていく。

「それならこれやりたい、っていう提案がある人は教えてくださいー」

予想通り、みんな『やりたい』はなかったようだ。

やりたくない、は何個もあるのに。

おほん、と改まったように、伏見が咳払《せきばら》いをする。

「じゃ、わたしが提案してもいいかな」

言うと、教室中が伏見の言葉を待った。

「自主映画、作りませんか？　映画は作りたくないとか、そんな意見ないよね」

俺を振り返って確認してくる。

「ま、この通り。そんなピンポイントな反対意見はないよ」

みんなが、ぽつぽつと口にしていた。

「映画か」

「当日は上映するだけだし、いいかも」

「主役とかになったらどうしよう」

「間違ってもおまえにはならねえよ」

シンとしていた教室が、いい意味でざわつく。概ね好意的な反応が多かった。

伏見が自分の席に戻ると、引き出しに手を突っ込んでプリントが入れられているクリアファイルを出した。

もしかして、作ってたのか。

あれこれをまとめた、わかりやすーい何かを。

「これ、後ろの人に回して?」

教室中にプリントを配り、最後の一枚は俺に渡された。

「諒くん、これ」

「ああ、うん」

そこには、映画を作ることのメリット・デメリットが書いてあった。

「これにあるようにですね。映画を作っておくと、学祭当日は、数人が当番になるだけで、他の人は自由に遊べます。もちろん、当番は交代でね。彼氏彼女と出し物巡りをしたり、出店で何か食べたり、色んなことに時間が使えます」

逆に、デメリットは準備期間が長いことだ。

ただこれは、拘束時間が長いというわけじゃなく、作業を少しづつしていけば間に合うというものだった。

「最大のメリットは――――思い出に残るだけじゃなくて、データとしても残ります」

お化け屋敷やカフェを教室でやっても、いずれは取り壊し元に戻さないといけない。

その点映画は、自分たちが作ったものとして、データがずっと残る。

教室中が、真剣に伏見のプレゼンを聞いていた。

「残る物だから、みんなで一生懸命作りたい」

その熱意に、心を動かされていくのがわかる。

こうして一人でプリントをこっそり準備して、プレゼンをして、クラスメイト全員が参加できるように、心を配っている。

裏に、必要な役割と最低人数が大まかに書かれている。きちんと、クラス全員分だ。

「どうかな」

考え込むような沈黙に問いかけると、女子が声を上げた。

「いいじゃん。姫奈《ひな》ちゃんのこれ」

「一回くらいは、一致団結ってやつ、やってみてもいいかな」

「いいね、青春みたいで」

「高二だよ、真っただ中じゃん」

「……青春、やりますか」

ぱぁぁ、と顔を輝かせた伏見が、俺を振り返った。

その表情に、苦笑しながらうなずいた。

「どんな映画にするの？」

男子の誰《だれ》かが言うと、口々に、あれがいいだの、これがいいだのと候補が挙がり、箇条書きにしていく。

はいはい、宇宙を舞台にした戦記物ね――ってできるわけねえだろ。

一応黒板に書いたけど。

「ええっとね、使える予算は五万円までで……ワカちゃんの気分次第で、ポケットマネー三万円の援助があるみたい」

予算決まってるのかよ。俺全然知らなかった。

ワカちゃん、大事なことは伏見にだけ言ってるんだな。その判断は大正解だ。

「ワカちゃん、三万も出してくれるのかよ」

「待て待て、気分次第だから、あの先生の」

ワカちゃんの男気（女だけど）溢《あふ》れる、あるかもしれない援助にクラスは湧《わ》いていた。

「どんな映画にするか――っていうお話の部分を考えたい人いますか？　企画や脚本ってやつね。今のところ鳥越《とりごえ》さんがやってくれるみたいなんだけど――」

名前が急に挙がって、鳥越がびくんと身を硬くしていた。

「適当でいいならいいけど、ガチなやつは、ちょっと難しそうだな……」

「サイレントビューティ鳥越……いつも本読んでるもんな」

実際そこまでサイレントじゃないけど、あまり話したことがないクラスメイトの評価はそんなものらしい。

映画の脚本と小説はまた違うだろうけど、鳥越並みに物語に触れているクラスメイトは、他にはいないようだ。

アニメや漫画、映画を多少は見る——ってくらいの人ならいた。その程度なら、俺だってそうだ。

でも、それを作るとなると話はまた別で、鳥越の協力者はなかなか出てこなかった。

一人の男子がみんなの声を代弁するように言った。

「SB鳥越に、オレは託したい」

略すな、略すな。

「じゃあ、脚本は、しーちゃんで決定でいいかな」

さらりとニックネームのほうで呼ぶもんだから、鳥越が首をすくめている。

「しーちゃん？」

「鳥越のことか」

「サイレントだから『しー』なのか」

「なるほどな」

全然違う解釈のせいで、無言のまま鳥越は顔を赤くすることになった。

諒くん、と呼ばれて、俺は黒板を消して、スペースに『脚本　SB鳥越』と書いた。

「サイドバック……?」小声でサッカー部の誰かがこぼした。

「主役だけど」

このロングホームルームはじまってから、はじめて俺が自主的に声を上げた。

「伏見がいいと思う」

意外そうに、前を向いていた幼馴染《おさななじみ》がこっちを振り返る。

なんとなくだけど、本人が自薦しないほうがいい気がした。

「それでも構わないけど……」

女子の誰かがそう言って、戸惑うように近所で顔を見合わせた。

「てか、まだ何するか決まってないのに、主役が誰とか、決める意味なくない?」

「予算が限られている以上、大掛かりなことはできない。衣装代とかその手のコストを考えれば、等身大の高校生を主役にした物語が現実的なところだと思う」

俺が言うと、まあたしかに、っていう顔をするやつが半分。

まだ納得いってなさそうなやつがもう半分。

「じゃあみんな高校生だし、他の誰かでもいいだろ」

そんな意見が出てきて、俺は伏見に目配せをする。

何を言いたいのかわかったらしく、伏見は逡巡《しゅんじゅん》するように顔をしかめると、やがてうなずいた。

じゃあ遠慮なく言うぞ。

「伏見は、芝居の勉強をしてる。演技の部分では、このクラスなら誰よりも上手《うま》いと思う」

え、マジかよ。伏見さん女優とかになるの？　すげー。

みんなが口々に言ってざわつく中、それを止めるようにもう一度声を上げた。

「それに」

ここが一番大事なとこだ。

「伏見以上に、客を集められそうな人、他にいる？」

「宣伝すりゃ、それなりには来るんじゃね」

「友達とちょっと気になる人くらいは来てくれると思う」

「じゃあ……」

「教室で映画を上映するって聞いたとき、客がまばらにしかいないとか、誰もいないとか、みんな想像してないだろ？」

よっぽど気に入らなければ、映画は一回見れば十分だ。ましてや素人《しろうと》の作品。単純につまらないかもしれないし。

「伏見は、この通りの美少女だ」

「ちょ、ちょっと諒くんっ」

伏見が顔を赤くしながら、わたわた慌てている。

「集客っていう点でも、主役って点でも、伏見以上の適任者はいないと思う」

俺は、伏見があんなに真剣だとはこれっぽっちも思っていなかった。

今までずっとクラスが一緒で、こんなに積極的に発言することは一度もなかった。

だから俺は、今年も当たり障りのない立ち位置で、さらりと学祭を流していくんだろうって、思ってた。

でも今年は違うらしかった。

あんなに自分の主張をゴリ押しするなんて、想像もつかなかった。

それだけ、自主映画と主役はやりたかったんだろう。

そんなにまでやりたいって言っていることに、俺も協力してあげたい。

こいつなら、できると思うから。

「せっかくみんなで作る映画なんだから、色んな人に見てもらいたい」

結果的に、これが決定打となった。

反対意見はどこからも上がらなくなったので、あとは本人の気持ちを語るだけだ。

「びしょ、美少女って、諒くんってば……もう」

顔を火照らせて、人前だってことも忘れて大照れしていた。

「いつまで照れてんだよ。……で、どうなの。主役」

「……やりたい」

俺にだけ言うので、席が並ぶほうへ顎《あご》をしゃくった。

その気持ち、俺は知ってるから、言うのはこっちじゃなくてあっちのほうだ。

「わたし……お芝居の勉強ちょっとだけしてて、舞台とかも一回だけやらせてもらったこともあるから、みんなより、わかる部分も多いと思う。だから、わたしにやらせてください」

頭を小さく下げると、拍手が起きた。

「他に主役を誰がやりたいのかってなると、また揉《も》めそうだしね」

「そうそう。色んなこと決めてかなきゃだから、揉めてる暇ないよ」

「男子からすると、何だかんだでプリンセス一択なんだよなぁ」

伏見と目が合うと、にこりと笑った。

「諒くん、ありがとう」

「ううん。伏見が自分で言ってたら、戸惑ったり反対だったりする意見を捻じ伏せることになりそうだったから。俺が先陣切ったほうが、みんなも言いやすいだろうなって思って」

アンチに回ると、ファンから総叩きに遭う。みんな、なんとなくそれがわかるから、何か言いたくても言えないままにならないか心配だった。

ここでチャイムが鳴って、それぞれが席を立った。

今回のまとめをノートにメモしていると、

「りょ、諒くんは、ほ、本当に、そう思ってるの?」

「え、何が」

「だから、その……」

もごもご、と言《い》い淀《よど》むと、ようやく小声で言った。

「わたしのこと、美少女だって……」

「俺がどう思ったかとかじゃなくて、客観的な評価だから、それ」

「~~~~んもうっ!」

べしっ、と肩を叩《たた》かれた。

「そういうときは……もう、なんで……」

はぁぁぁ、と特大のため息をつかれた。

「ひーな、よかったね、主役になれて」

「うん。ありがとう」

「あと、教室でいちゃつくの、やめてほしい」

「いちゃついてねえよ」

ノートに目を落としたまま俺は否定《ひてい》しておく。

「わたしだけが美少女だって言われたことが、しーちゃんの癇《かん》に障った？」

ん？

思わぬ伏見の反応に顔を上げると、背後から黒いオーラを出しながら、微笑んでいた。

「学級委員なら、司会進行ちゃんとしてって言ってるだけ」

にこりと鳥越も返した。

……なんだこれ。

火薬庫の近くで火遊びしてるみたいな、そんな状況。

「男の子が主人公の物語がいいなって思ってたのに」

「いいよ、別に。男役でもわたしちゃんとやるから」

「……たしかに、苦労はしないよね。その胸だと」

鳥越さん、鳥越さん、導火線に火ぃつけるの、やめてもらっていいですか。

「そういうことじゃなくてっ。演技の――お芝居として――ちゃんとできるって話で！」

待て待て。

「せっかく上手い具合に話し合いが終わったのに、喧嘩《けんか》すんなよ」

「「してないし」」

何で息ぴったりなんだよ。

「さっきの話の続きだけど、尺はどれくらい？」

「一時間かなぁ。でも、きっと長くなるから三〇分を目安にしよっか」

さっきまでピリピリしてたのに、普通に話してる……。

女は、よくわかんねえな。

「午前、午後、夕方の三回上映にして――」

どんな映画にするかっていうより、どんな映画館にするかで鳥越と伏見は盛り上がっていた。

何でもよくね？　ってひと言言うと、二人に無言で険しい顔をされたので、俺はずーっと黙っておいた。賢明な判断だと言わざるを得ない。

学級日誌を職員室のワカちゃんに預け、昇降口を出ても二人の話は途切れることがなかった。

映画の話から、その原作を読んだかどうかに繋《つな》がり、さらにこの小説を映画にすると絶対面白《おもしろ》い、というふうにどんどん会話が連鎖していって、止まる様子がなかった。

その間、俺は蚊帳《かや》の外。

俺も、映画か小説、詳しくなろうかな……。

と思ってしまう程度には、疎外感を味わった。

「高森《たかもり》くんと自主映画のことで色々と相談したいから、一緒に帰りたい」

伏見が両手を交差させてバツマークを作った。

「ダメデス、無理デス」

全力の拒否だった。

「今度一回だけならいいでしょ。ひーなだけズルい」

「ちょっとくらいなら、いいかなー？」

「おい、俺の意思は」

てか、鳥越は帰り道全然違うだろ。

その岐路にやってくると、大人しく鳥越は帰っていった。

心なしか、少し寂《さび》しそうだった。

改札をくぐり、ホームにやってきた電車に乗り込む。

空いていたシートに座って一息つくと、つんつん、と伏見がローファーで俺のスニーカーを突いた。

「何？」

「何でもない」

ふふ、と楽しそうに笑う伏見だった。

「諒くんてば……わたしのこと好きでしょ」

いきなり言われて、どきんと心臓が跳ねた。

「ナンデ!?」

「だって、あんなことを公然と言っちゃうなんて、絶対そう」

自信満々な瞳《ひとみ》で俺を覗《のぞ》き込み、さらりと腕を絡《から》めた。

「絶対そうなんだから。ていうか、あんなこと言われると、逆にこっちが余計に好きになっちゃうっていうか……」

……。

「だ、だからあれは、客観的な評価と俺の主観の評価はまた別で……」

「じゃその主観の評価ってやつを教えてよう」

不満げに唇を尖《とが》らせる伏見。整った顔と愛嬌《あいきょう》のある仕草に、目を奪われそうになった俺は顔をそむけた。

「ま、また今度な」

「ふふ。照れてる、照れてる」

照れてねえよ。って言ったけど、たぶんあまり説得力はなかったと思う。

㉒ 吐露

駅をあとにして、帰路を辿《たど》る。

「学祭の話し合い、順調に進みそうでよかったよ」

「だね。でも、あとひとつ、大事なポストが決まってないんだけどねー？」

ねー？　と、繰り返して俺《おれ》を覗《のぞ》き込んできた。

「諒《りょう》くん以外の適任者、誰《だれ》かいるの？　思い当たる人は？」

「それは……。でも聞いたら、やってやろうってやつ、いると思うよ」

ううん、と唸《うな》ると、意を決したように伏見《ふしみ》は言った。

「白状すると、わたしは諒くんやしーちゃんたちと一緒に作りたいの。他の誰かじゃなくて。諒くんとのはじめての学祭なんだし」

「はじめてじゃないだろ。クラスずっと一緒だったんだから」

「そうだけど、ちゃんと参加しなかったじゃん。お互い」

まあ、それもそうだな。

「けど、それと俺が監督するっていうのは別の話で」

俺が続けるよりも先に、伏見があとを継いだ。

「誰がやったって素人《しろうと》だよ？　わたしだって、ちょっとかじってるレベルで、ほぼ素人だし。しーちゃんの脚本だってそう。みんなみんな、映画を作るなんてはじめてなんだよ？」

「上手《うま》くできるか――」

「できなくってもいい！」

伏見の声は、静かになりはじめた住宅街によく響いた。

「何もしないままで、諒くんがあとになって『やっておけばよかった』って後悔するくらなら――ちゃんとできなくたっていい！」

「何言ってるんだよ。教室で言ったことと矛盾してるぞ」


……失敗はしたくなかった。

だって、ダサい。

スマートにこなせなくちゃ、意味がない。

ミスったとき。俺みたいな友達がほとんどいないやつは、あとで何を言われるか、わかったもんじゃないから。戦犯。つるし上げ。陰口。そんなの気にしねえ――そういうスタンスのつもりだった。でも嫌なもんは嫌だし、怖いもんは怖い。

「みんな素人だから何が失敗かなんてわからないし、誰も文句言わないよ。ネットで批評されるわけでもないし」

――きっと成功だけはしない。俺が頑張らない理由は、それで十分だった。

だから、頑張るのが怖かった。

「何言ってるんだよ。待てって。いいもの作ろうぜって話だっただろう？」

「そうだよ。諒くんが監督やってあれこれ全体を指揮すれば、きっと作れる」

「何で伏見にそんなことわかるんだよ。その自信、何なんだよ！」

「そう確信した！　今日のロングホームルームで！」

「伏見と俺は違う。現実ってやつは、思い通りになんてならないんだ。主人公力ってやつが違い過ぎるんだよ」

きっとこの幼馴染《おさななじみ》は、女優になる。

それに適《かな》う容貌で、そのために努力をしていて、やる気も十分。

そして、俺の知らない女の子になっていく――。

「……何、その主人公力って。バカみたい。諒くん、そんなふうにわたしを見てたんだ？」

伏見が、思わぬタイミングで瞳《ひとみ》をうるませた。

理由を想像してみたけどわからず、俺は押し黙った。

「諒くんだけは、わたしを普通に扱ってよ。他のみんなみたいに、勝手に特別なものにしないでよ」

「……悪い」

何か言わなければと思った結果、謝罪が口を衝いて出た。

「何やっていいかわかんねえし、進路がはっきり決まってるわけでもない。でも、伏見は」

きっと希望通り女優に。

「わからないよ！　わたしだって！」

金切り声に、俺は口をつぐんだ。

「そうなれるなんて誰も決めてないじゃん！　お芝居を勉強しはじめた夢見がちな初心者なだけ。でも、やってて楽しいって気持ちは本当だから――――！」

伏見に感じたままの言葉をぶつけられた。

「口に出して言っておかないと、わたしはどこかで逃げる。何かを言い訳にして、きっと逃げる。でも、諒くんにだけは、そんな人だと思われたくなかったから、このことを言うのには勇気が必要だった――――」

だから、あのとき……。

『ちょっと待ってね！　もうちょっとだけ、待って。ごめんね』

『ええっと……心の準備とか、そういう、覚悟とか要るから』

「――わたしだって、友達関係に悩んだり、将来のことで不安になったり悩んだり、恋のことでモヤモヤしたりする、普通の女の子なんだから！　特別とか主人公とか、そんなのやめてよ！」

ふう、とひとしきり言いたいことを言った伏見は一息ついた。

知らない女の子じゃなかった。

伏見は、まだ俺の知っている伏見だった。

「伏見も、悩むんだな」

「そうだよ。あとそれと……」

むううう、と機嫌悪そうな半目になった。

「『女優』って書いた進路希望調査書見せたとき、どうして『一緒の大学行くんじゃねえのかよ！』って言ってくんなかったのっ！」

「矛盾しないって自分で……」

大学通いながら仕事ってそこまで珍しくないし。

ぎゅうう、とほっぺをつねられた。

「いててて、何すんだ」

「理屈の話じゃなくて、気持ちの問題！」

なんじゃそれ。

「『俺のそばにいろ！　女優なんてやめとけ！』まで言ってほしいのが乙女心っ」

「なこと言わねえよ。応援するわ」

「ううう、複雑な気持ちだけど、どっちも嬉《うれ》しい」

得する性格だな、こいつ。

「進路なんて、わからなくてもいいんだよ。やりたいことが、わからなくてもいいんだよ。言ったでしょ。諒くんは、諒くんになればいい」

「それがよくわかんねえって話で……」

「ひとつ確かなことは、諒くん、楽しそうだった。茉菜《まな》ちゃんから頼まれて動画を編集してるとき。わたしの動画を撮ってるとき。鏡見てないからわからないでしょ。すごく、イキイキしてたんだから」

自覚はまるでない。

嫌じゃないってだけでやってたけど、そうなんだろうか。

「諒くんはきっと、自分の気持ちにも鈍感なんだよ」

茉菜にも同じことを言われた。

「わたしが諒くんのそばで教えてあげる！　これが『嬉しい』で、これが『楽しい』なんだよって、これが『恋』なんだよって――全部教えてあげる！　そこらへんの女子と一緒にしないで！」

他の子みたいに普通に扱えって言ったり、主張が無茶苦茶《むちゃくちゃ》で思わず笑いがこぼれる。

自信満々な、勝ち気な笑顔。

これが自分の土俵なんだっていう、誰にも譲らないっていう、あの表情。


「大丈夫。諒くんには、わたしがついてる」


失敗するのが嫌で、だから何もしなくて、だから成功もしなくて――。

俺はきっと、俺が何者にもなれないって知ることが、怖かった。

「主人公力ってやつが、諒くんとは違うんでしょ？　だったら、そのわたしが望んでる。わからなくても、何がしたいのか見えなくてもいい。わたしは、そんな諒くんだから一緒に進みたい。一緒にやろう！」

なぜか涙が出てきた。

俺の頭を抱えるようにして、伏見が抱きしめた。


「お、進捗報告？」

金曜日の朝。職員室にいくとパソコンで何かを入力していたワカちゃんが手を止めた。

「進捗?」

「学祭の。昨日、報告なかったでしょ?」

「あー。そういえば」

昨日の放課後、訊かれなかったので言うのを忘れていた。

「ええっと、今こんな感じです」

議事録用に書いているノートを見せると、ふむふむ、とワカちゃんは目を通す。

「いいんじゃない。映画。お化け屋敷とかに比べて、予算いらなそうだし」

シシシと忍び笑いをする。

「どんな映画を撮るかとか、まだ詳細はこれからなんですけど……って、何ですか」

担任は、ふうん、と鼻を鳴らしながら、俺とノートを交互に見ていた。

「監督、頑張ってね」

「……っ。……まあ、はい」

何すんの、監督って? いや、まだ俺もよくわかってないですけど。

そんな会話をいくつか交わして、ワカちゃんはちょっとだけ嬉しそうに俺を見上げた。

「高森《たかもり》、無気力系男子だと思ったけど、意外とやる気あるんだ」

「やってみてもいいかなって思っただけです」

「素直じゃないなぁ。あっ、これツンデレってやつ?」

永遠にデレねえから安心してくれ。

「そういや、これ。まだ出してなかったんで」

鞄《かばん》から、俺は一枚のプリントを取り出した。

「そうそう、それ。進路のやつ。言っておかないとって思ったんだけど、手間が省けた」

俺は進路希望調査票を渡した。

簡単に、ひと言だけ書いたものだ。

ぶふふ、とワカちゃんがそれを見て笑う。

「ふふふ。あはは。いいね。青いねぇ」

「そんな、笑うことないじゃないですか」

「だが潔し」

これで全部だなー、とワカちゃんは名簿にチェックを入れた。

「『わかりません』か。――あはは。バカ真面目《まじめ》。学期末の三者面談、揉《も》めるぞこりゃー」

「笑い過ぎです」

「ごめん、ごめん」

揉めるって言ってるのに、何で楽しそうなんだ、この人。

「うちの母さんは、そういうところユルいんで、たぶん大丈夫だと思いますよ」

そぉ？　とワカちゃんは目を丸くする。

用が済んだので職員室を出ていくと、伏見が待っていた。

「結局、諒くん、調査票は何て書いたの？」

「内緒」

「えー、気になる」

廊下を進んでいくと、伏見が並んだ。

明日は映画祭りだよ、と楽しげに言う。

俺の家にありったけのＤＶＤを持って来る気らしい。

「一度にたくさんは見られねえよ」

「じゃあ、オススメだけでも――」

「わかったたって」

俺はとりあえず、自分にできる範囲で頑張ってみることにした。

㉓　マウントを取りたい彼女たち

昼休憩、物理室で昼食を食べていると、先日テレビでやっていた映画をちょうどみんな見ていて、自然な流れでその話になった。

「いつもテレビでやってるけど、俺《おれ》ちゃんと見たのはじめてだった」

有名も有名、超有名タイトルだ。

「私は二回目かな。高森《たかもり》くん、どうだった？」

「うん。まあ、名作って言われるだけあって、面白《おもしろ》かったよ」

「私もそうかな。二回目だけど、内容忘れているところもあって、楽しめた」

なんて感想を鳥越《とりごえ》とやりとりしていると、わけ知り顔の伏見《ふしみ》がゆるやかに首を振った。

「あの頃《ころ》のあの監督のあの作品は、なんていうか、尖《とが》ってたよね。まだ。最近はさ、超ぉ〜大衆向けのものばっかになって、好きは好きなんだけど、なんか違うっていうかさ」

納得いかなさそうな伏見は、やれやれと言いたげに小さく息を吐いた。

「ひーな、微妙にウザいね、高森くん」

「そう思ったんなら胸に秘めとけよ。俺に振るな」

こそっと言った鳥越の声は聞こえておらず、伏見は一般視聴者である俺と鳥越を相手にマウントを取るのに大忙しだった。

「諒《りょう》くん諒くん、あの手のやつが楽しめたんなら、もうちょっといいヤツがあるから、今度ＤＶＤ持っていくね」

「俺はそこまでディープな映画を見たいわけじゃないんだ。一般ウケする誰《だれ》もが知ってるやつでいいんだって。有名な未視聴タイトルが見られたらそれでいい」

「え〜」

めっちゃ不満そうだった。

「いるよね、こういう人」

さっそく鳥越が伏見を刺しに行った。

「昔のものこそ至高って考えの、懐古主義者。大衆に迎合することを何かの悪だと思って批判するタイプなんだね、ひーなは」

「そんなことないよ」

「今まさしくそうだったじゃん」

言葉の応酬に、俺はテニスを観《み》ている観衆みたいに右に左に視線を動かす。

「しーちゃんだって、おんなじことを小説で言ってたけどね？」

「私が？」

ないない、と鳥越は呆《あき》れたように手を振った。

「私は懐古主義じゃなくて温故知新ってだけ。古くてもいい物はあるって話をしただけで」

「はいはい、はいそれー。わたしもそれだから」

「でもさっき、大衆向けになった監督をディスった」

「あれは、あの監督の尖ったところが好きだったのに、なんかその成分が薄くなったから残念に感じているだけ。超大衆向けがキライなわけじゃないの」

こういう議論ができるのは、鳥越しかいないのか、伏見はイキイキしている。

「その気持ちはわからなくもないけど――」

それは鳥越も同じらしく、舌回りに潤滑油を入れたようによくしゃべった。

「仲いいな、お二人さん」

ぽつりとこぼした俺のつぶやきも聞こえないのか、小説ベスト5、映画ベスト5を各々リストアップしはじめた。

「しーちゃんも、結局古いやつばっかじゃん。文豪の名作中心」

「ひーなもね。白黒映画の傑作選みたいなラインナップ。何時代の人だろう」

「むう」

「……」

膨れる伏見と、つーん、と目をそらす鳥越。

仲がいいのか、悪いのか。

でも、このラインナップにない作品が好きだと言っていたのを、俺は覚えている。

「伏見はこの前、少女漫画原作のキュンキュンな恋愛映画好きって言ってたよな」

「ぎくう」

伏見が肩をすくめると、ぷぷぷ、と鳥越が忍び笑いを漏《も》らす。

「そういうの、バカにしそうなタイプなのに」

「で、鳥越は、各美少女を取《と》り揃《そろ》えたハーレムラブコメのラノベ好きって言ってなかったっけ」

「……いや、それは、幅だから。読書の」

「えー。しーちゃん意外～」

こっちもこっちでぷぷぷ、と伏見が笑っている。

「というわけで、引き分けな」

と、俺はこの話を終わらせた。このままだといずれケンカしそうだったから。

家に帰ってこの話を茉菜《まな》にすると、ふうん、と鼻を鳴らした。

「てかさぁ、つまんないなら問題あんじゃん？　文句言ってもいいと思うし。でもさぁ、面白いんなら何でもよくない？」

小首をかしげて不思議そうにする妹。

この議論、茉菜、おまえの優勝だとにーには思うぞ。

㉔ 痴漢されそうになっているS級美少女

誰《だれ》もが生気のないリアルなロボットみたいな顔で、手にした吊革《つりかわ》を見つめたり、窓ガラスに貼《は》られた広告を仕方なく見ている。

こんな乗車率の高い電車の中じゃ、色んな人に声が聞こえるので、伏見《ふしみ》とこっそり話すこともロクにできない。

停車駅のアナウンスが繰り返され、吐き出されるようにして人が出ていき、顔ぶれが入れ替わりまた車内が人で満たされる。

「ふぎゅう……」

俺《おれ》のそばにいた伏見が、変な悲鳴とともに人の波に流されていく。伸ばした手だけが見えていたけど、人混みに呑《の》まれて最終的に見えなくなった。

大丈夫か、あいつ？

俺と満員電車に乗るようになってから、この環境にも多少慣れた、と言っていたけど、日によってはあんなふうに行方《ゆくえ》不明になることがあった。

伏見に提案された自転車通学を、暑いし寒いから嫌だと言って却下したものの、いよいよ検討《けんとう》したほうがいいのかもしれない。

痴漢に遭いそうだったことがあったから、離れ離れになると少し心配になる。

伏見が消えたほうをそれとなく眺めていると、近くに見慣れない制服を着た女子高生がいた。

気づかなかったけど、さっき乗車したんだろう。

ここらへんの学校の制服ではないし、このまま乗っていても、こっちの方角は俺たちの学校があるだけだ。

そんな女子高生の背後に、五〇代と思《おぼ》しきサラリーマン風のオッサンが立っていると、妙に警戒してしまう。

吊革を持つ少女の色白の横顔が険を帯びていった。

後ろのおっさんが、揺れを利用して、不自然に顔を近づけているのが、なんとなくわかる。

「すみません――」

嫌な顔をされたり、舌打ちされながら、俺はその子とオッサンの間に強引《ごういん》に体を捻じ込んだ。

さすがに同じ方向を向いて真後ろには立てないので、逆方向を向く。

オッサンと目が合う。至近距離で。

じっとりとした粘り気のある目だった。

ちょっと油断すると、揺れの弾みでキスしちまいそう。

唇を口の内側にしまって、顔をそらす。

足を革靴で思い切り踏まれた。

こいつ……！

駅に到着すると、ガッ、と誰かに手首を摑《つか》まれた。

へ？　は？　何？

グイグイ、と誰かに引っ張られていくと、あんなに近かったオッサンからどんどん離れていく。

振り返ると、俺の手首をつかんでいたのは、俺が守っていた（つもり）少女だった。

降車を余儀なくされホームに出ると、そこでようやく手を放してくれた。

「この人、痴漢で――！」

待て待て待て！

「おい、俺は痴漢じゃなくて、逆で――助けようとして――」

たくさんの人たちが俺とその子に注目していた。

プシン、と電車の扉が閉まり、遠ざかっていく窓から、何かを言っている伏見の顔が見えた。

「俺は後ろにいたオッサンから守ったつもりで――」

「イイにおいだねって気持ち悪い声でささやいて――」

互いの主張が宙で交錯し、ようやくお互いの顔を見る余裕ができた。

あれ？　どこかで見たことがある……？

「え、嘘《うそ》。もしかして……諒《りょう》？」

俺を呼び捨てにするのは、家族を覗《のぞ》けば今のところ一人しかいない。

「藍《あい》、ちゃん？」

姫嶋《ひめじま》藍。

小学校のときに転校してしまった女子で、俺のもう一人の幼馴染《おさななじみ》だ。

あとがき

こんにちは。ケンノジです。

ご好評いただき、前巻は即重版がかかったそのシリーズ第二弾です。

今回は前回最後に一瞬登場した『シノ』が登場しましたがいかがでしたでしょうか。

作者自身が体験したわけではないですが、主人公とのことは、まあ中学生あるあるかなと思います。さすがに三日っていうのは聞かなかったですが、『シノ』こと篠原との関係は、中学生らしい終わり方だったんじゃないかと思います。

その件に関しても主人公のユニークスキル『鈍感』が発動します。いや、いい加減なんとかならないのかってケンノジも思います。書いておきながら。

自分に自信のない人は、他者が自分に興味関心があるわけがない、っていう前提の思考回路なので、そのベクトルが自分に向いていることに気づくのが非常に遅いんじゃないかと。

本作は、そんな感じの主人公です。

スキルが強力過ぎてヒロインたちを不憫《ふびん》に思うことも多々あるでしょうが、温かく見守っていただけると幸いです。

ラストにまた新たなヒロインが登場します。次巻も是非ご期待ください。


二巻を刊行するにあたり、様々な方のお世話になりましたので、お礼申し上げます。

とくに、ご多忙の中引き続きイラストを描いてくださったフライ先生、今巻も伏見他のヒロインを素敵に描いていただきありがとうございます。これからもよろしくお願いします。

その他、担当編集者様、デザイン装丁担当者様、営業様、校正様、現場の書店員様、本作の製作販売に携わってくださったすべての皆様、ありがとうございました。


最後に、一巻に続き買ってくださった読者の皆様ありがとうございます。買う前にこれを読んでいる方はそのままレジへ！！

三巻も是非ご注目、ご期待ください！

ケンノジ

ファンレター、作品の
ご感想をお待ちしています

〈あて先〉

〒106－0032
東京都港区六本木2－4－5
ＳＢクリエイティブ（株）
ＧＡ文庫編集部 気付

「ケンノジ先生」係
「フライ先生」係

本書に関するご意見・ご感想は
右のQRコードよりお寄せください。

※アクセスの際や登録時に発生する通信費等はご負担ください。

https://ga.sbcr.jp/

痴漢《ちかん》されそうになっている
S級美少女《エスきゅうびしょうじょ》を助《たす》けたら
隣《となり》の席《せき》の幼馴染《おさななじみ》だった2

発　行　　2020年8月31日　初版第一刷発行
著　者　　ケンノジ
発行人　　小川　淳

発行所　　SBクリエイティブ株式会社
〒106−0032
東京都港区六本木2−4−5
電話　03−5549−1201
03−5549−1167(編集)

装　丁　　木村デザイン・ラボ

印刷・製本　中央精版印刷株式会社

ISBN978-4-8156-0632-9
Printed in Japan　　GA文庫